ダッシュエックス文庫

バズった？最強種だらけのクリア不可能ダンジョンを配信？ 自宅なんだけど？

相野 仁

●LIVE

プロローグ

-00:00

「不死川《しなずがわ》、もしかしてダンジョンチューブを知らないのか？」

前の席の山野《やまの》がちょっとバカにした顔になる。

盛り上がりについていけないことがバレバレだったか。

「あ、ああ。なんだそれ？」

俺は見栄をはっても仕方ないと正直に認めた。

「ダンジョンはさすがに知ってるだろ？」

「ああ」

山野と仲がいい大前《おおまえ》にいやな聞き方をされたけど、ガマンする。

地球の歴史はダンジョン以前とダンジョン以後にわけられるって、小学校の教科書で習うレベルだ。

「そのダンジョンを探索して、モンスターと戦うところを撮影して配信できる、専用アプリがあるんだよ」

比較的温和な村上《むらかみ》が教えてくれた。

「へー、それがダンジョンチューブか」

「人気配信者なら再生回数が何百万っていくんだよ」

感心した俺に村上が補足する。

「それはすごいなぁ」

「不死川、おくれてるー」

山野が嘲《あざけ》ってきたがこれは否定できない。

「アプリダウンロード数、国内だけで2000万超えたって話なのに、マジで知らないんだな」

大前に揶揄《やゆ》される。

「俺ら、稼《かせ》いでいるんだぜ」

「月8万くらいだから、こづかい程度だけどな」

山野と大前は言葉で謙遜《けんそん》しても得意満面の笑みを浮かべていた。

「ほんとはもっといけるけど、親には扶養《ふよう》はずれるなって言われてるからなー」

俺たちツレーわ、なんてふたりは言い合う。

「ふたりともすごーい」

話を聞いていた女子たちがふたりに群がり、ちやほやする。

そうなると俺が輪からはじき出されてしまう。

「あいつら」

近くにいた烏山《からすやま》さんたちギャルグループが舌打ちしながら、俺を輪に入れてくれる。

「災難だったね」

「あんたはあんたでちょっとくらい言い返しなよ」

同情的な烏山さん、無抵抗な俺もよくないという楠田《くすだ》さん。

グループの反応はだいたいこのふたつだ。

「言ってもムダかなと思ってね」

あははと力なく笑う。

「抵抗しないからって場合もあるんだよ?」

「あいつらはたぶんそうだよ」

と烏丸さんと楠田さんが言う。

言われてみればそうかもしれなかった。

だからといって行動をかえる気はなんとなく起きないけど。

「……不死川くん、ほら、おかし食べる?」

と甘い声で聞いてきたのは甲斐谷《かいたに》さんだ。

前かがみになると、はちきれそうなブラウスの盛り上がりが強調される。

本人は無自覚なのか、それとも気にしてないのか。

「ありがとう」

甲斐谷さんの可愛《かわい》いらしい顔立ちと、差し出されたおやつに目を向けるように集中する。

女子は視線に敏感らしいし。

「ちっ」

後ろから男子の舌打ちが聞こえてくる。

烏丸さんと楠田さんがじろっと見て、ふんと鼻を鳴らす。

俺の背後で何があったのか。

気付かないふりをしよう。

●LIVE

第1話 自宅にダンジョンがある

-00:01

「ダンジョンチューブなんて、知らなかったなー」

放課後、俺はぼっちで下校する。

「ダンジョンにはドリームがあるんだ」

という山野《やまの》の力説が頭から離れていかない。

「ダンジョンに夢なんてあるのかなー」

いまいちピンとこないのは、俺の自宅がダンジョンだからだろう。

家の敷地にダンジョンの入り口があるとか、近所にダンジョンがあるって人はけっこういる。

だからいままで誰にもこのことを話していない。

「そんなの珍しくもない」と言われるだろうから。

まあ話す友だちなんていないけどさ。


「ただいまー」


とあいさつをすると、庭にいる犬たちがワンワンと返事をくれる。

顔のこわい大型犬だけど、なついてるし頭もいい。

全員の頭をなでてから自分の部屋に向かうけど、地下にあるのでちょっと面倒だ。

ダンジョンから発生するモンスターたちの中で、人と共生できる種とは共生するってのが我が家の考え。

つまりある程度はモンスターたちの事情に合わせた造りだ。

廊下《ろうか》を通るとヘビやクモたちが、それぞれのやりかたであいさつをしてくる。

苦手な人にはつらい絵面《えづら》なんだろうなあ。

かれらのおかげで害虫や犯罪者からの脅威《きょうい》を心配しなくていいので、慣れたら頼もしく思えるんだけど。

俺の部屋は地下の一階にあって、近くには猫たちがいる。

ストレス発散にモフモフは最高なので、モフモフさせてもらう。

家猫《いえねこ》は名前を呼んでも来ないって話を聞くけど、かれらは全然そんなことない。

「ダンジョンチューブ、調べてみようかなぁ」

自宅を撮影するだけでこづかいが稼げるなんて、そんな上手《うま》い話がある？　と半信半疑だった。

だからまずほかの人の配信を見てみようと思う。

「……思ったより普通だな」

ダンジョン内部を映したり、あまり強くなさそうなモンスターを映してるだけなのに、アクセス数を稼いでる人がいる。

もちろん全員が上手くいっているわけじゃなくて、全然見られてない動画もあるわけだが。

イメージしていたよりも、参入ハードルが低そうなのは間違いない。

「いや、そうでもないな。俺に動画編集なんてできないだろうし」

単に動画を撮影してアップするだけだと、意味がないんじゃないか？

と思っていたら、ダンジョンチューブにはどうやら編集してくれる機能がついているようだ。

「便利すぎじゃないか？」

疑問はやがて解ける。

ほかにも似たようなツールが存在していて、そっちには編集機能がなかった。

「競合に勝つために便利な機能をつけたってことか」

なるほどなぁ。

「インストールするだけで簡単に使えるのか……ダメもとでやってみようかな」

スマホさえ持っていれば元手はかからないらしい。

学生にはありがたい。

ほかにダンジョン探索に必要なものは自前で用意するみたいだけど、自宅を撮影するだけだしなぁ。

別に何も用意しなくてもいいか。

もし、動画がバズらなかったら赤字なんだから。

身バレには気をつけたいけど、うちのダンジョンに探索者なんて来たためしがない。

自分やご近所さんが映らなかったら特定されない気がする。

「やまと、おかえり」

そこに女性の声が聞こえた。

「クー?」

大きなクモが部屋に入ってきて、着物姿の黒髪お姉さんに変身する。

「変身してから入ってくればいいのに」

律儀《りちぎ》なことだ。

「この姿のほうが、ちょっと動きにくい」

言われてみれば、クーの動きはちょっとぎこちないかも？

クーはきれいな頬《ほお》を俺の頬にくっつけてくる。

「ニンゲンのメスの匂《にお》いがする」

なんて指摘された。

毎度のことながらふしぎだ。

「クモに嗅覚《きゅうかく》なんてあるのかなぁ？」

「わたしに不可能はない」

お決まりの言葉を笑顔で返される。

まあ人間になってしゃべってる時点で――とは思う。

「それで、やまと。なんでニンゲンのメスの匂いがする？」

クーは納得してない顔で聞いてくる。

「そりゃあ女子が近くを通りがかったからでは?」

何もやましいことがないと答えた。

「ふーん」

クーは面白くないという表情だけど、一応は納得したみたいだった。

「何してるの?」

クーのこの質問はちょうどよかったので事情を話す。

「ニンゲンってふしぎなことを考えるのね」

クーはきょとんとする。
彼女にはそう思えるんだろうな。
そもそも思考形態が違うんだろうし。

「それで、わたしは何をすればいいの？」

黒曜石《こくようせき》みたいな瞳に期待が宿っている。

「クーの出番はないかな」

「なぜ!?」

ショックを与えたみたいだけど、当然のことだ。

「人になって会話もできるクモなんて、世間に出せるわけないだろ」

俺がちょっと調べたかぎり、人と会話できるモンスターはいない。
すくなくとも動画で取り上げられてないのだ。

「役立たずの下等生物どもめ……」

クーの声が小さくて聞き取れないけど、不穏なことを言ってるのは気配から伝わってくる。

「は⁉　ずっとこの姿なら出てもいいのでは⁉」

クーは名案が浮かんだと手をたたく。

ちゃんと人に見えるけど。

「やっぱりやめておこう」

「なぜ⁉」

ガガーンとつけ加えたあたり、さっきよりショックが大きいらしい。

「クーを出すとほかの奴を出さないってのは難しくなりそうだから」

クーだけ特別あつかいってかわいそうだからな。

「くっ、やはり、やつら始末しておくべきだったか……」

何やらぶつぶつ言っているがやはり聞き取れない。

「なんでそんなに出たがる？」

動画配信なんて、クーからすれば理解不能の行為だろうに。

「やまととわたしのことを世間に知らしめる絶好の機会とみた」

キリっとした表情になって彼女は答える。

漫画だったら目がキランと光りそうだ。

「そんな機会はなくてもいいのでは？」

クーのことを説明すること自体が無理難題なんだ。

必要にならないことを祈ろう。

「やまとが冷たい!?」

何やらショックを受けているクーを放置して、作戦を考える。
まず自宅は映さない。
次に俺自身のことも映さない。
自宅の外（とくに地上）も映さないほうがいいな。

「しゃべりはどうしようかな？」

調べたかぎりだと実況している人が多かった。
そのほうがライブ感は出て、リスナーの支持を集めやすいらしい。
俺に実況なんてできるかな？
ちょっと試してみたいとは思う。

「声ならジャターユにたのめばいいよ」

とクーに指摘される。

「あいつがいたか」

俺はぽんと手を叩いて、指笛を吹く。

たちまち一羽のフクロウみたいな鳥が飛んできて、俺の右肩にとまった。

「よんだか?」

しぶいおじさんみたいな声でジャターユが聞く。

彼はオウムみたいなものなので、しゃべってもそんなに驚きはない。

まあ見た目はフクロウなのにとは思うけど。

「ああ、俺のかわりにしゃべってほしいんだよ」

と事情を話す。

「お安い御用だ」

ジャターユは快諾《かいだく》してくれたので安心した。

「じゃあまずは一回やってみよう」

ダメだったら考えればいい。
いきなりアクセス数を稼《かせ》ぐなんて無理だろうけど。

「わたしもついていっていい？」

とクーが聞いてくる。

「クーはダメだよ」

「むー」

俺の返事を予想していたのか、むくれてしまう。
クーはほかのモンスターたちから怖がられているみたいなのだ。
ジャターユみたいに俺の部屋まで遊びに来るやつをのぞいて、ダンジョン内にいる連中はみんな隠れてしまう。

「クーがいると、ただ建物内部を映すだけになっちゃいそうだからな」

「言えてるな。おまえは来ないほうがいい」

ジャターユも俺に同意する。

「くっ、あのザコどもめ」

クーは悔《くや》しそうにうなった。

第2話「初めての撮影」

「どこから行く？」

ジャターユに聞かれて迷いながら候補を絞《しぼ》っていく。

「刺激が強くなさそうなところがいいよな」

犬や猫ならきっと苦手な人はすくないだろう。

虫はどうかな？

「蝶やカブトムシくらいなら平気かな？」

「人のことはよくわからん。おまえに任せる」

ジャターユの言うことはもっともだ。

彼もクーも基本、俺と家族くらいしか接することがない。

「じゃあ無難に一階層から行こう」

俺の部屋から近いし猫たちもいる。

猫をきらいな人はすくないだろう。

「テキトーにしゃべってくれる?」

とジャターユに頼む。

「まあやってみよう」

俺が猫、犬、ダンジョンをスマホで映すと、合わせるように話し出す。

なかなか器用なやつだ。

一階層はとくに特徴はない。

犬と猫がいるくらいで罠《わな》などはないのだ。

きっと存在さえ知られたら、配信目的の人でにぎわうだろう。

それともレベルが低くて人気でなかったりするかな？

ダンジョンならなんでも人気でるってわけじゃないもんな。

……ジャターユが俺のかわりにしゃべってくれてるので、声を出せない。

思ってたよりもつらいかも。

一階をあるていど撮影し終えるといったん休憩する。

「どんな感じだろうね？」

「わがはいには想像もつかんな。ただ撮ってるだけではないか」

ジャターユの返事はもっともだった。

「そうは言っても戦いは好きじゃないからなぁ」

とぼやく。

ダンジョンが家にあるので、万が一に備えてと戦いは教わっている。

「それにここだと顔なじみが多いし」

何年も過ごしていると見慣れたやつはかなり多い。

「知らないやつなら戦ってもいいけど。あと撮りながら戦うのって難しそう」

どっちかというと後者の理由のほうが大きかった。

戦いながら撮影してる人、どうやってるんだろう？

やってみて初めてわかる疑問ってあるよな。

「これからどうするのだ？」

ジャターユの問いに、

「評判次第だね」

即答する。

誰も見てくれないなら、モチベーションが続かないと思う。

「そうではなく、撮影とやらは終わりか？」

「おっと」

質問の意図を読み違えたか。

「今日は終わろうかな。いきなり注目なんてされないだろうし」

成功するかわからないのにがんばるほど、俺のモチベーションは高くない。

「ふむ。ではほうびをもらおうか？」

とジャターユが要求してくるのは予想していた。

「ああ。肉でいいよな？」

「かまわない」

話はまとまった。
もちろん俺じゃなくて親が用意したもの。
俺の分のおかずをわければいい。
部屋に戻るとクーが出迎えてくれる。

「はやかったね」

「いきなりがんばってもなぁ……」

うちのダンジョンがバズるなんて考えにくい。
ちょっとこづかいを稼《かせ》げたらいいな、と思うけど。

「がんばらなくてもわたしがいるのに？」

クーがふしぎそうに首をかしげる。

「いや、それはちょっと」

クーの見た目は美女だけど、本当はクモだ。

クモに養ってもらうってどういうことってなる。

「えんりょしなくてもいいよ？」

とクーは言ってくれるけど。

「あ、ジャターユのほうびに肉をあげたいんだけど、とりに行ってくれる？」

せっかくだから甘えようかな。

役に立ちたいオーラをなんとか発散してほしいし。

「ちがう、そうじゃない」

クーはなぜか残念そうに否定する。

何がダメなんだろうと考えて……。

「いっしょに行く?」

「いく」

クーは即答したし、機嫌もなおった。
よかったよかった。
ジャターユにお礼の肉を渡してから動画をアップしてみよう。

「アカウント名、考えなきゃな」

「名前? アマテルはどう?」

「いいね。和風っぽいし」

クーはけっこうセンスいいと目を丸くする。
さっそく採用しよう。

「人気出たらいいけど……」

いますぐじゃなくて、いつかでいいから。

「あいつら弱すぎてむりでは？　ニンゲン、こわいものみたいんじゃないの？」

とクーに質問されて、ハッとなる。

そうか、こわいもの見たさで集まる客を狙うって手もあったんだ。

クーの本来の姿は——刺激が強いかな？

掲示板回「このダンジョンに映っているモンスターたちがやばい」
◇このダンジョンがすごい
見たか？
アマテルとかいうやつの配信

◇このダンジョンがすごい
知らない

◇このダンジョンがすごい
ステマか？
もうちょっと上手《うま》くやれよ

◇このダンジョンがすごい
騒ぎになってきてんぞ
内容がやばいって

◇このダンジョンがすごい
騒ぎってなんだよw

また新しいバカが出たのか？

◇このダンジョンがすごい
ああ、犯罪まがいの行為でバズ狙うバカが……

◇このダンジョンがすごい
ちげーよ、戦力１００超えのバケモンが何体も映ってんだよ！

◇このダンジョンがすごい
ファッッ!?

◇このダンジョンがすごい
ウソつくならもうちょっとマシなウソをつけよ

◇このダンジョンがすごい
（リンク）から飛べるから見てたしかめてこい

◇このダンジョンがすごい

見てきた
推定戦力１００のフレギアスが５匹
推定戦力１２０のネレイドが４匹
……なんだこれ？

◇このダンジョンがすごい
ボスラッシュかな？

◇このダンジョンがすごい
地獄絵図じゃねーか
なんでこいつのんきにしゃべりながら配信してんの？

◇このダンジョンがすごい
戦力ってなんだ？

◇このダンジョンがすごい
お客さんか？
ゲームでいうレベルみたいなもの

◇このダンジョンがすごい
いまダンジョンに潜ってる人でトップが20くらい
世界で倒せたモンスターの最高が40くらいだっけ？
◇このダンジョンがすごい
１００はやべーよな
もし地上に出てきたら、大陸が崩壊する災害レベルって言われてる
◇このダンジョンがすごい
現状戦力50超えは人間の力じゃどうにもならないって話だよな
襲われないことを祈るしかない
◇このダンジョンがすごい
えっ？　それでなんでフレギアスってやつの戦力１００ってわかるん？
◇このダンジョンがすごい
戦力を計測できるアイテムがあるんだよ

あと、実はダンジョンチューブに推定でいいなら計測してくれる機能がついてる

◇このダンジョンがすごい
ダンジョンチューブがシェアトップな理由だよな、戦力の計測

◇このダンジョンがすごい
戦力差がある程度は判断できないとダンジョンじゃあ即死だからな
そりゃ頼りにする奴は多い

◇このダンジョンがすごい
あの仕組みどうなってんだろう？
企業秘密でブラックボックスになってるらしいけど

◇このダンジョンがすごい
話を戻すとして
戦力１００超えのモンスターの近くを歩いてるこいつって
戦力いくらなんだろう？

◇このダンジョンがすごい
アマテルの体が映ってないから計測は不可能だな……
イケボだな

◇このダンジョンがすごい
素直に考えるなら戦力１５０くらいはあるはずだよな
状況的に

◇このダンジョンがすごい
そんなの人間じゃねえよ
なんらかのアイテムを持ってるんだろ？

◇このダンジョンがすごい
未発表の希少アイテムか……
あり得る

◇このダンジョンがすごい

というかほかに考えられないだろ
戦力50のモンスターが倒された情報さえ出てこないのが現実だぞ

◇このダンジョンがすごい
アマテルってやつの動画、メチャクチャアクセス数が伸びてんな
しぶいイケボって言われてる

◇このダンジョンがすごい
これ、本物なのかな？
でっち上げじゃないか？

◇このダンジョンがすごい
でっち上げはない
他はともかく戦力の計測はごまかせない

◇このダンジョンがすごい
ごまかそうとした連中、全部すぐにバレたからな
アイテムはまだわかるけど、ダンジョンチューブはマジでどんな技術を使ってんだ？

それとも未発表アイテムか？

◇このダンジョンがすごい

ありそうだな……

◇このダンジョンがすごい

あそこも謎が多い

第3話「次の日」

学校に行くとさっそく山野《やまの》に話しかけられる。

「なーなー、これ知ってる？」

と赤色のメガネを指さす。

そう言えばこいつ普段メガネをかけないな。

「知らない」

正直に答えると笑われた。

「だろうな。これ、戦力計測アイテムのひとつなんだよ」

と山野は自慢そうに教えてくる。

戦力ってなんだろう？

疑問に思っていると、

「不死川《しなずがわ》の戦力は――計測不能か」

山野の表情が獲物を見つけた猫みたいにゆがむ。

「たしか生まれたての赤ん坊みたいに、弱すぎると測れないんだよなー」

「つまり不死川は赤ん坊並みに弱いってことか。だっせー」

山野と大前《おおまえ》がぎゃははと楽しそうに笑う。

まあ、驚きはない。

だからダンジョン配信で戦闘は避けたんだから。

クーが戦うなら映像で映えるかもしれないけど。

いや、ダメだな。
クーはあきらかにほかの連中より強い。
ジャターユあたりが無難かな？

「俺なんて戦力4なんだぜ」

考えごとをしていると山野が自慢してくる。

「なぁ、おまえ、どんな気持ち？」

だから戦力ってなんだよ？
何が言いたいのか理解できない。
ニヤニヤしてる山野への返事に困ってるうちにチャイムが鳴る。
舌打ちしながら彼らは自分の席に戻っていく。
放課後、曇り空の下、俺はひとりで帰りながらやっぱりダメか、とふり返る。
アマテルの名前で投稿した動画、誰も話題にしていなかった。
がっかりしたわけじゃないけど、ちょっと残念に思っている。

期待していなかったはずなのに、我ながらふしぎだ。

「もしかして、けっこう期待してたのかな？」

自問自答してみるが、答えは出ない。

自宅につくと放し飼い状態の犬たちが迎えてくれる。

躾《しつけ》した甲斐《かい》があって吠えずに尻尾《しっぽ》ふるだけだ。

「ただいまー」

「おかえり」

クーが玄関から出て声をかけてきた。

家の中に入ってから、

「ちゃんと玄関から出てきてえらい」

とほめておく。

彼女は物理的な制約を無視できるらしく、瞬間移動みたいなトンデモ芸当を普通に使うからだ。

「わたしに不可能はない。学習する」

クーは得意そうに胸を張る。

「うん、助かる」

彼女は実際飲み込みが早い。

いまなら油断しなければ人前に出ても大丈夫かもしれない。

部屋に行こうとしたら、キッチンからいい匂《にお》いがして足を止める。

「母さんはいないはずだろ？　クーか？」

「うん」

クーはうなずいてからまた得意そうな顔になった。

「やまとのためにおやつをつくってたんだ。いっしょに食べよう」

「お、サンキュー」

クーは気が向いた時しかお菓子を作ってくれない。

だからこういう日はうれしいサプライズだ。

俺が頼めば作ってくれるのかもしれないけど、なんとなく気が引けるので、試したことがない。

「手洗いうがいを。ニンゲンはすぐ病気になる」

「母さんみたいだけどちょっと違うな」

クーの言い方に苦笑しつつ指示に従う。

こういうときの彼女は面倒見のいい姉みたいだ。

人外だけど。

「お、今日はシュークリームとチョコレートケーキか」

キッチンのテーブルの上に並んでいるものを見て、腹の虫が鳴る。

「がんばった」

クー、和風な見た目なのに好んで作るのは洋菓子だ。

「本当なら冷蔵庫に入れてほしいんだけど」

梅雨《つゆ》はまだとはいえ、常温で放置はこわい季節である。

「わたしの魔法のほうがれいぞーこよりも優秀だぞ」

「だよねー」

クーの言葉は事実だった。

しかもクーの力を使うだけなので、電気代がかからないのもメリット。

両親が許すなら冷蔵庫を捨てて彼女に全部任せたいくらいだ。

今どき家に冷蔵庫がないなんて疑問に持たれるだけだから、許可は出ないだろうけど。

「さあ、腹いっぱい食べろ」

クーは張り切った様子でうながす。

「いや、晩ご飯も食べないと……」

両親にバレるとあとがこわい。

クーは隠しごとが下手《へた》だからな。

「む……まあ保存は任せろ」

「うん」

わかってくれて何より。

「今日も動画、撮ろうと思う」

シュークリームを食べ終えて言うと、

「今日も？　マメだね」

クーが首をかしげる。
こういうところは可愛《かわい》らしく、年下の女の子みたいだ。

「明日くらいまでは毎日やろうかなって」

もしかしたら気に入ってくれる人がいるかもしれないし。

「そのわりに結果見ないね。それとも外で見た？」

クーの指摘にうっとうなる。

「まだ見てない。勇気がでなくて」

「そう」

クーは優しく見るだけで何も言わない。

「今日の分を投稿したら、見てみようかな」

「いっしょに見る？」

「うん」

クーの言葉にうなずく。

ひとりで見るとダメージを受けそうだ。

彼女に甘えている自覚はあるけど、いまはいっしょがいい。

「今日はどうするの？」

「昨日と同じじゃダメなんだろうな……」

クーに質問されて困った。

犬と猫が映ってるだけなら、ダンジョン配信じゃなくてもいいだろって、ツッコミが容易に想像できてしまう。

まあ撮ってるうちに気づいたんだけど。

変化をつけたいけど、いいアイデアがすぐに思いつかない。

「見映えがよさそうで、不気味じゃないのはもうちょっと下かな?」

ヘビや虫は避けるとして。

「鳥なんかはどうだろう?」

「賛成だ」

と言ったのはクーじゃなくて飛んできたジャターユだった。

いつものように俺の肩の上にとまる。

「おまえ、羽根を落としたりしたら……」

クーがじろっとにらむと、ジャターユはビクっと震える。

俺の背中にこそこそ隠れてしまった。

彼らの力関係はクーのほうが圧倒的に上らしい。

鳥とクモなら鳥のほうが強そうだけど、モンスターだからかなぁ？

「そのへん、魔法でなんとかならない？」

「……対処する」

俺の提案を受け入れて、クーは何やら力を発動させる。

「ふー、たすかった」

というジャターユの声には実感がこもっていた。

俺がいない間、とくに変わったことはないので、不仲ってわけじゃないと思う。

まあクーの機嫌を読むのはけっこう大変なんだけど。

「鳥なんかニンゲンはこのむの？　映像だと食べられないのに」

とクーはふしぎそうに言う。

ジャターユがまた体を震わせたけど、今度は隠れなかった。

「いや、食べるだけじゃないから」

俺は苦笑しながら訂正《ていせい》する。

クーにしてみればたいていの生き物は捕食対象にすぎないだろうけど。

「インコやオウムは人気あるはずだよ。たぶん」

そういう系統のモンスターはいないわけじゃない。

「では三階あたりか？」

「うん」

ジャターユの言葉を肯定する。

「あそこなら緑もあるから、癒《い》やし要素も取り入れられるし」

悪い絵面《えづら》にはならないと思う。

「ダンジョンなのに癒やしばかりで平気なのか？」

「うぐ」

ジャターユのツッコミ——というよりは疑問に、俺は言葉に詰まった。

「そうなんだよな」

ダンジョン配信というからには戦闘とか殺伐《さつばつ》要素を、視聴者は求めてる可能性は大いに高い。

参考に見た動画もほとんどが戦闘シーンが入ってたし。

「よく知らないけど、ほかが戦いばかりなら逆にアリでは？」

とクーが言い出す。

「どうなんだろう？」

逆張りはありだと思うけど、ダンジョン配信で通用するんだろうか。

「ダメそうなら戦闘に挑戦してみるか」

一回や二回だけであきらめるのはさすがに早い。

俺が決めたことにクーとジャタ－ユは何も言わなかった。

「三階あたりから撮ってみよう。ジャタ－ユ、今日も頼む」

「承知した。昨日と同じでいいのだな？」

「うん」

と返事をしたあとで、ジャタユの実況もどう思われてるのか、わからないなと気づく。

「見ないってわけにはいかないな」

今日か明日にでも見るとしよう。

どっちがいいのかな？

前回のようにジャタユに実況を頼み、俺は三階で撮影をはじめた。

このエリアは天井が高く、通路の幅も広くなっている。

鳥モンスターに有利な地形と言えるかも？

今さら俺に攻撃をしかけてくるやつはこのへんにいないから、いまいち実感できないけど。

飛んでいる鳥たちは、俺とジャタユを見て「何やってんだ？」と言いたそうな気配を見せる。

彼らはクーやジャタユほど知能が高くないので、説明しても理解してくれるかどうか。

彼らは一回にいる犬たちと大して違いはない。

鳥好きなリスナーが見れば、たぶん喜んでもらえるだろう。

通路だけ見ても味気ないかな？

幸い、このフロアならちょっとした視覚変化を期待できる。

ジャターユは羽音を立てずに俺のあとをついてきた。

俺たちがやってきたのは大きな樹が何本も生えているところだ。

俺の腕より太い枝の上で鳥たちは羽根を休めていて、青や赤の大きな果実がなっている。

どっちもとても美味《おい》しく、ひとつ食べると元気になれる。

病気のときなんかはお世話になったものだ。

なお、ダンジョン産だから家族以外に見せたことはない。

クーはこのエリアを《ヤルンヴィド》と呼んでいた。

意味は教えてもらえなかったけど。

そう言えばこのエリアのボス、スコルの姿が見当たらない。

スコルの見た目は狼なので、鳥とのダブルモフモフは絵面的にいいかと思ったんだけどな。

仕方ないのでかわりに鳥たちを映しておこう。

エンシェントコカトリス、メガロスハルピュイアたちが俺を見て、翼を広げてあいさつをしてくる。

どちらかというと格上のジャターユ相手にしてるのかも？

ジャターユの実況を聞きながら撮影ポイントを動かしていく。

鳥と木もいいけど、このエリアには泉もある。

冷たくて美味しく、そのまま飲んでも腹を壊さないやつだ。

俺が移動すると、何匹かモンスターが泉の水を飲んでいる。

俺たちを知ってる個体なのか、逃げることもなく、敵意を見せることもない。

……俺だって別にすべてのモンスターを識別して覚えてるわけじゃないからな。

ひとりで行動するよりもジャターユがついてきてくれてるほうが安心だ。

飲むのはまた今度にしようか。

そんなに喉《のど》も渇《かわ》いていないし、そろそろ帰りたいし。

撮影を終えたところでふーっと息を吐き出す。

「なんか疲れたな。声は出せないし」

出したらジャターユに頼んだ意味がなくなってしまう。

「では自分でしゃべってみるのもよいのではないか？」

とジャターユが肩にとまったまま提案してくる。

「声を出すのってなんかいやなんだよ」

人気が出ないかぎり身バレの危険はないんだろうけどさ。

「声色をかえればいいではないか」

「ああ、なるほど」

ジャターユが言いたいことをようやく理解した。

声色をかえてくれるタイプのモンスターなら、心当たりはいくつもある。

彼らに協力を頼めばクリアできる問題だったか。

「今さらは無理かも。ジャターユみたいなしゃべり方は無理だし。もっと早くに気づけばよかった」

俺はがっくりと肩を落とす。

しゃべらないほうが楽かなって思ってた瞬間がありました。

「ふむ」

ジャターユは何か考えたようだけど、それを言葉にはしなかった。

「いったん帰って休んだらどうだ？」

「そうだな」

ここには当たり前だけどWi-Fiがない。

動画をアップするのも、反応を見るのも部屋に戻ってからだ。

……やっぱり反応を見るのは晩ご飯を食べてからにしようかな。

掲示板回「この動画に映ってるエリアがやばい」
◇このダンジョンがすごい
アマテルの動画、二回目が来たか
◇このダンジョンがすごい
すでに再生数がやばいことになってんのに無反応？
◇このダンジョンがすごい
調べた感じSNSやってないしなぁ
まさかこの反響を知らないってことはないだろうけど
◇このダンジョンがすごい
淡々と動画をアップするマンなんかな？
◇このダンジョンがすごい
!?　なんだこのフロア!?
前回よりもやばいんだが!?

◇このダンジョンがすごい
「フレースヴェルグ：推定戦力１５０」
確認したら変な声が出た

◇このダンジョンがすごい
戦力１００超えモンスターを瞬殺して死体を食うって
古文書にあるっていう激やばの鳥モンスターらしいな

◇このダンジョンがすごい
何それこわい
戦力１００でも大陸崩壊の危機なのに
１５０ってどれだけやばいんだ？

◇このダンジョンがすごい
半球を単独で制圧できそうなくらい？
らしいぞ

◇このダンジョンがすごい

乾いた笑い声が出てくる
というかもう笑うしかない

◇このダンジョンがすごい
そんなバケモノがどう見ても10以上いるんですけど
この世の終わりかな？

◇このダンジョンがすごい
なんでこのアマテルってやつは無事でいられるんだ？
アイテムの力か？

◇このダンジョンがすごい
ほかに考えられないだろ

◇このダンジョンがすごい
!!!　移動先に生えてる大木って
希望《きぼう》の樹《き》って呼ばれてるやつじゃないか!?

◇このダンジョンがすごい
おいおい、まさかと思うが「癒《い》やしのリンゴ」に「幻想の果実」かよ

◇このダンジョンがすごい
どっちも超希少アイテムじゃないか!!

◇このダンジョンがすごい
片方で１億ドル、ふたつあると３億ドルだっけか？

◇このダンジョンがすごい
アメリカドルで!?!?
日本円なら１個１５０億以上ってこと!?!?

◇このダンジョンがすごい
ここはいったいどこのダンジョンなんだ？
どこに行けばアイテムを取れるんだ？

◇このダンジョンがすごい

おまえら落ち着け
もし同じダンジョンだとした場合
いきなり戦力１００のフレギアスの群れがお出迎えだぞ？
◇このダンジョンがすごい
突破できたとしてもこのフロアに入ったら
戦力１５０のフレースヴェルグが10以上か……
◇このダンジョンがすごい
この大木にとまってるモンスター、調べてみたら
やばい
「エンシェントコカトリス：推定戦力１８０」
「メガロスハルピュイア：推定戦力１５０」
だってよ
◇このダンジョンがすごい
……は？？？
フレースヴェルグよりもさらにやばいやつらがいるの？

◇このダンジョンがすごい
さすがにそれは故障か不具合なんじゃないか？
フレースヴェルグよりも強いやつが普通にいるってことになるぞ？？

◇このダンジョンがすごい
そもそも前回の動画と同じダンジョンなのかな？
別のダンジョンの可能性は？

◇このダンジョンがすごい
否定はできない
こんなやばいダンジョンがいくつもあってたまるかっていうのが本音だな……

◇このダンジョンがすごい
戦力１００超えのモンスターがごろごろいる地獄なんてひとつあれば充分だろ

◇このダンジョンがすごい
わかる
ひとつであってほしいマジで

クーが作ってくれた晩ご飯（ハンバーグだった）を食べて、俺はなんとか覚悟を決めた。

「もしかしたら誰も見てないかもしれない」

変な意見が来るよりは、すこしも再生されてないほうがまだやすらげる。

「やまとがいじめられるなら、わたしが世界をほろぼす」

真横からスマホの画面をのぞき込みながら、クーは物騒なことを言った。

「それはダメ」

彼女は有言実行タイプだから、はっきり反対しておく。

実現できるとは思わないけど。

「むう」

クーは不満そうに頬《ほお》をふくらませる。
周囲に被害をまき散らしそうなことはやめてほしい。
俺は慣れ親しんでるけど、彼女はあくまでも人外。
いちいち釘を刺すくらいでちょうどいいだろうな。

「えーっと、どうやればいいんだ？」

ダンジョンチューブの俺のアカウントに飛んでみる。
そして目を疑った。

「は？　再生回数２００万？」

俺の目がおかしくなったんだろうか。

「へー、すこしは物がわかるニンゲン、いるんだ」

クーは謎の思考で感心している。

最初に投稿した動画は220万、今日の分はすでに50万を超えていた。

「……みんな意外ともふもふや癒やし系が好きなのかな？」

見た範囲でライバルは不在っぽかったけど、まさかこんな結果になるなんて。

いや、まだ安心はできないかも。

コメント欄《らん》が罵詈《ばり》雑言《ぞうごん》じゃないことを祈りながら見ていく。

みんな驚いている、ということは伝わってくる。

「あれ？　犬や猫が多いダンジョンって珍しいのかな？」

「わたしもすべて知ってるわけじゃない」

質問に対してクーは想定外の答えを返す。

いつも不可能はないとか言ってるのに。

「なんなら調べてみようか？」

クーがそんなこと言い出すのを止める。

「やらなくていいよ」

べつにそこまで知りたいわけじゃない。

クーの無駄遣いになりそう。

「んん？」

スマホの通知音が鳴って、あなたへのメッセージが届きましたと表記される。

「なんだろう？」

ふしぎに思って開いてみると、

「果実を売ってもらえないか!?　頼む、金は払う!!　いくらでも出す!!」

すごい勢いの外国語を見たので、翻訳《ほんやく》ツールを使う。

切実な文面に変換された。

「果実ってあれかな?」

三階に生えている樹に実ってるやつ。

ほかに映した覚えはないからな。

「あれって外に持ち出せる?」

「うん」

クーが反対しないなら平気か。

ちょっと待てよ?

「俺が持っていったら顔バレだよな」

相手がどんな人かわからないのに大丈夫かな？

どこの誰かわからない人に個人情報を把握《はあく》されるのってこわいんだよな。

「わたしがついていこうか？」

とクーが頬をくっつけて提案してくる。

ひんやりとした感触が心地いいけど、首を横に振った。

「それは最後の手段だね」

彼女は頼りになるけど、荒事にならない展開を想像するほうが難しい。

今回は単に果実を欲しがってるだけだからなぁ。

「俺がどこの誰かわかんなかったらそれでいい」

「ならあいつがいいのでは？　エウリノーム」

いつの間にか俺の部屋に来ていたジャターユが提案してくる。

「エリなら安心かなぁ」

クーほどじゃないけど強いし、いろんな技能を持つ。

たいがいのトラブルを乗り切ってくれそうだ。

あと、クーよりも常識寄りなのも大きい。

「むう。あいつが及第なのは認める」

クーも仕方ないという声を出す。

「エリはいまどこだろう？　あの子に話を通さないと」

俺が質問すると、

「やまとが頼めば即決しそうだが」

ジャターユがそんなことを言う。

「そうかもしれないけど、ちゃんとしないと」

エリの性格を考えると否定はできない。

「呼びました？」

やわらかい女性の声が聞こえ、エリ自身が姿を現す。

彼女は妖精と呼ばれる種。

ゲームに出てくるエルフのように美しく、耳がとがっている。

「珍しいね。呼んでないのに来るなんて」

と俺がエリに話しかけると、

「たまにはあなたの顔を見たくて」

ニコリと微笑《ほほえ》み返される。

トップレベルの美少女の見た目でやられると、いやでもドキドキしてしまう。

「ちょうどいい。おまえに指令を出す」

とクーは謎の上から目線。

「なんでございましょう?」

エリは怒らずにこやかに対応する。
大人の女性って感じだ、人外だけど。
クーは説明が上手《うま》くないので俺が話す。

「というわけで出かけるとき、ついてきてほしいんだ。お願いできるかな?」

「お安い御用です、やまと」

彼女は快《こころよ》く引き受けてくれる。

「あとは何をやっておくべきかな?」

考えてみたけど自分じゃ思いつかなかった。
ジャターユだって人の社会には詳しくないので助言は期待できない。
不安になってきた。

「ダンジョンチューブ投稿者の声を探してみるか」

同じことやってる人を頼りにするのが無難だろう。
調べていくうちに頭を抱えたくなった。

「銀行口座かぁ……」

ダンジョンチューブでは動画の人気に応じて金銭を受け取れる。
ただし、それには口座の登録が必要だった。

「ま、仕方ないか」

ほかの投稿者だって金融機関は使ってるんだろうから。

「あとは税金か」

受け取る金額次第では納税義務が生じるらしい。

正直よくわからない。

父さんと母さんに相談のメッセージを送っておこう。

「会う日程の相談をしないと」

相手のメッセージは外国語だから、翻訳《ほんやく》ツールを使ってやりとりをする。

相手は「ソーク」と名乗った。

「日本に来てるんだ」

果実が欲しくてあっちこっち探していて、いまはたまたま日本にいるらしい。

どんな偶然だ？　と思うけど、話が早くて助かる。

「エリはいつでもいいよね？」

「もちろん」

即答だった。

「じゃあ明日、学校から帰ってすぐに出発しよう」

ソーク氏はとても急いでるらしく、近くまで来てくれるらしい。
東京からそこまで離れてるわけじゃないのが幸いだったかな。

「了解しました」

彼女が承知してくれたのでほっとする。
ソーク氏はおそらく大人だ。
家族が必要としているって言ってるから、奥さんか子どもかな？
ひとりで会うのはちょっとこわい。
日本人相手だってこわいのに、ましてや外国人だ。

「あとは果実を採りに行かないと」

学校帰りに採りに行く時間はない。

三日くらいは常温保存できるからいいけど。

「わたしが採ってきましょうか？」

エリの厚意には感謝しながらも断る。

「いっしょに行こう。俺に対する依頼だしね」

彼女もクーも頼めば多くのことをしてくれるだろう。

だからって横着をしてはいけない、と思う。

三階ならひとりで行けるけど、たぶんついていくって言われるだろうし。

「あ、エリ。ちょっと」

クーがなぜか彼女を呼び止める。

「⁇　外で待ってるね」

クーの表情的に俺に聞かれたくなさそうだったので、気をきかせた。

◆◆◆

大和《やまと》が部屋の外に出たとたん、空気がひんやりとする。

「おまえがやまとを守るのよ？　死んでもね」

「もちろんです」

クーのプレッシャーにジャターユは震えるが、エリは動じず受け止める。

「しかし、あなた様はいらっしゃらないのですか？」

とエリは首をかしげた。

心配なら来ればいいのに、と言外に含ませる。

「やまとにダメって言われた」

クーはむすっとした表情で無念をにじませた。

「なるほど。地上の戦力は把握《はあく》していらっしゃいますか？」

エリは話を切り替える。

「わたしが調べた範囲では脅威《きょうい》はない。ヒトは戦力50の底辺迷宮主すら倒せてない」

「まあ……」

クーの返答にエリは目を丸くした。

「それはそれは、いくらなんでも弱すぎませんか？」

いくらでもかわりがきく使い捨てのザコモンスターだって、戦力１００ある。

というのが彼女の感覚だ。

「だから心配はいらないだろう。おまえが油断しないかぎり」

とクーはじーっとエリを見つめる。

「やまとがいっしょなのに？　ありえませんよ」

彼女はきっぱりと言った。

彼がかすり傷ひとつ負うことだって耐えられないのは、何もクーだけではない。

「ならいい」

クーの言葉にエリは微笑《ほほえ》む。

大和を偏愛する者同士、理解できるからこその笑みだった。

次の日、山野《やまの》たちはまだ俺の動画の話題を出さなかった。

他人の配信をマメにチェックしていないってことだろうか？

まあいい。

どんな顔をして聞けばいいのかわからないし、何もないほうが助かる。

いつものように放課後を迎え、今日は早歩きで自宅に戻った。

「早いですね」

玄関でクーといっしょに出迎えたエリが目を丸くする。

「ソーク氏を待たせたくなかったんだよ」

わざわざこっちまで足を運んでくれるんだから。

「なるほど。では急ぎますか？」

とエリが問いかけてくる。

「んー、不自然じゃない範囲がいいかな」

エリの力を借りたら早く移動できるけど、悪目立ちしてしまいそうだ。

「ふむ。加減が難しいですね。目立たなければよいと解釈しても？」

「いいよ」

俺はうなずく。

「では認識阻害《そがい》の魔法を用いましょう。確実です」

とエリは提案してくる。

「確実なら……変な影響は出ないよね？」

いちおう確認は忘れない。

「ええ。すこしズラす程度ですから」

「じゃあそれでよろしく」

エリが請け負ってくれたので、俺は頼む。

彼女が微笑むと景色が変わり、待ち合わせ場所である駅の近くの銀行に移動していた。

テレポーテーションという魔法である。

初めて経験したときは感動したなあ。

制約があるのかどうか、詳しくは聞いてないけど便利だと思う。

「ソーク氏は駅前に来るらしいんだけど」

どこにいるんだろう？

けっこう人が多いからがんばって探さないと。

それともまだ到着してないのかな。

「たぶんあの男ですよ」

エリが白い指をそっと示した先には、銀色の髪の短い四十代くらいの男性が立っている。黒いスーツを着て、青いネクタイを締めているイケオジって言われそうな、かっこいい男性だ。

現に女性がちらちら視線を向けている。

男性の周囲にはふたりほど同じく黒いスーツを着た男性が立っていた。

このふたりは若くて体格がすごくいい。

「ほかにも何人か周囲にひそんでいますが、あぶり出しますか？」

とエリが俺に聞く。

「いいよ。金持ちのおじさんだったら、護衛くらいいるだろう」

ダンジョンがあちこちにできたことで、物騒な世の中になったらしいし。

何もしていない、俺を信じて来てくれた人に変なことはしたくないな。

どうやって声をかけようかと思っていたら、おじさんたちの間で何やら会話がはじまり、こっちにやって来た。

「失礼、もしかしてあなたが『アマテル』かな？」

多少ぎこちないけど、じゅうぶん意思疎通《いしそつう》できる日本語が飛び出す。

「はい。あなたが『ソーク』氏ですね？」

俺たちはにこやかに握手を交わした。

「さっそく本題に入ってもかまわないだろうか？」

「ええ、どうぞ」

俺が返事すると、エリが果実を一個ずつ取り出して見せる。

「おおおっ!?」

三人とも腰を抜かしそうな勢いで驚愕《きょうがく》した。

外国人って大げさなくらいリアクションするって、本当なんだ……。

「ふたつでいくらだ!?　四億ドルでどうだ!?」

「それでいいです」

俺は即答する。

値段を吊り上げられるかもしれないけど、なんかいやだったので。

報酬《ほうしゅう》の支払いはどうするんだろうと思ったら、普通にアプリだった。

ダンジョン出現以降、巨大な金額を送金できるようになったって父さんが言ってたな、そう言えば。

「ありがとう、本当にありがとう！」

ソーク氏は俺の両手を握ってくり返し礼を言う。

「いえ、どういたしまして」

なんて返せばいいのかわからず、俺はまごまごしてしまった。

連絡先を交換して、あわてて移動するソーク氏の背中を見送る。

「俺たちも帰ろうか」

「あら、このまま帰ってしまうのですか？」

エリは残念そうな声を出す。

「ん？　どこか行きたいところがある？」

「はい」

エリが笑顔で肯定したので、じゃあそこに行くかと考えた。

◆◆◆

ソークは『アマテル』との約束の場所に到着した。

護衛は左右にふたり以外にも、見えない位置に配している。
もしもなんらかの罠《わな》だった場合、誰かひとり生き残って情報を持ち帰るという計画だった。
雑談をよそおいながら周囲を監視している護衛ふたりの表情が一瞬こわばる。

「来たのか?」

「おそらくとしか言えません」

ソークの問いに護衛は慎重に答えた。

「いつの間にか気配があったというか」

「これはなんだ?」

ふたりの護衛の困惑に、ソークは腹をくくる。

「強さか、アイテムか。規格外の何かを持っているのだろう」

護衛たちが合図したほうを見ると、ひと組の男女がこちらを見ていた。
ひとりは日本人の若者で、もうひとりは白人女性だ。

「どちらが『アマテル』だと思う？」

「わ、わかりません」

答える護衛たちの声は震える。
彼らは恐怖と緊張と戦っているとソークは理解した。
逃げ出さないあたり、彼らの勇気と責任感は本物だろう。
ソーク自身、家族の命が懸《か》かっていないならきっと逃げ出している。

「あなたが『アマテル』か？」

彼がギリギリで若い男を選んだのは、女性が彼に気遣っているようなそぶりを見せたからだ。
おそらく男が『アマテル』で、女は仲間か護衛だと判断したのである。

「四億ドルでどうだ!?」

目的のものを見せられて、ソークは恐怖や警戒が吹き飛んでしまった。

あっさり応じてくれた『アマテル』に感謝の気持ちでいっぱいになる。

何事もなく別れ、離れた位置に停めていた車に乗り込む。

「これで奥様とお嬢様は救われますね」

「おめでとうございます」

護衛たちがかけてくる言葉にソーク氏がうなずいていると、伏せていた者たちが合流した。

全員、顔が真っ青になっている。

「ご苦労。無事に取り引きは終わったよ」

「よ、よかったです」

ひとりが心の底から安どした。

「彼らの戦力は計測できたかね？」

ソークの問いに彼らは首を横に振る。

「なぜだ？　アメリカから極秘で取り寄せた最新の計測機のはずだぞ」

ソークの疑問にひとりが答えた。

「ですが、あれの上限は２００までです。それより強いと計測できません」

ソークは息を呑《の》む。

たっぷり五秒は経過して、おそるおそる口を開く。

「つまり彼らの戦力は２００を超えているというのか？」

声が震えた。

戦力１００一匹に攻められると、アメリカ大陸は崩壊する。

戦力１８０もあれば地球が滅亡してしまう可能性はきわめて高い。

そんな風に言われているのだ。
だとすれば戦力２００超えがふたりもいたら、世界はどうなるか？

「戦力の計測を妨害する手段も存在していますが」

「いや、これ以上考えるのはやめよう」

とソークは制止する。
『アマテル』から悪意のようなものを感じなかった。
こちらの対応に戸惑う、シャイな日本人だった。
日本には親切な人が多いといううわさは間違いではなかったのだろう。
ならばたとえ何者であろうと、彼の敵ではない。

「こちらを見逃そうとしてくれる虎の尾を、わざわざ踏みつける愚《ぐ》は避けよう」

「それは……」

護衛たちは納得したようだ。

「それよりも屋敷へ急ぎたい」

と指示を出す。

「かしこまりました」

果実がもつのは三日ほどなので、それまでに材料として薬を作らなければならない。
もしもに備えて、薬を調合できる者は同行させなかったのだ。

「命拾いしたのかもですね」

とエリはぼそっとつぶやく。
もしもソークたちが大和を調べたり、何か迷惑をかける行動に出た場合、災《わざわ》いが降り注ぐ条件型魔法を設置したのだが、発動する気配がない。
大和の厚意を喜び感謝する者たちには何もしなくてもいいだろう。
もっとも、愚行に走ったらその時点で魔法は発動するが。

「どうかした？」

「ひとりごとですよ」

カフェで目の前に座る大和に、彼女は笑顔で答える。

彼とふたりきりでひとときを、というのはとても素敵なことだ。

第5話「役に立てたなら」

自宅に戻ったらクーが珍しく怒っていた。

「やまとの独《ひと》り占《じ》め禁止だ」

俺にじゃなくてエリに対してだったらしく、炎に燃える瞳で彼女をにらむ。

「なんのことでしょう？」

エリは笑顔で受け流す。

クーが怒ったらほとんどの連中は震えあがるのに、彼女は平然としてるからすごい。

現にジャターユの姿はないし、いつも庭で放し飼いになってる犬たちは壁際に固まって震えている。

「わたしをごまかせると思っているの？」

クーの声の温度がさらに下がった。
絶対零度《ぜったいれいど》かな？　と言いたくなるレベルはやばい。

「まあまあ。俺に付き添ってくれたんだから」

仕方なく仲裁《ちゅうさい》に入る。

「むう」

クーから冷気は消えたものの、かわりに不満そうな視線が飛んできた。
だってクーだと絶対やりすぎるだろ、と思っても言えない。

「いっしょに何かして遊ぶ？」

代案を出して様子をうかがう。

「うん。あとわたしのご飯食べて」

「いつも食べてるだろ？」

クーの要求がふしぎだ。

俺は家事も料理もできないので、両親がいない今は彼女がやっている。

エリもできるけど、彼女が譲《ゆず》らないので任せてる形だ。

「そ、そうだけど」

クーはじれったそうに口をもごもごさせる。

言葉での表現が見つけられないのか。

「気持ちはゆっくり伝えてくれればいいから、うちに入っていいよね？」

「うん」

落ち着いたらしく、クーは俺たちを通してくれる。

犬たちがもっと早く帰ってきてくれ、と訴えるように見ている気がした。

ごめんごめんと頭をなでておく。

「あんまりお前らをかまうと、またクーがすねるからな」

と言うと、犬たちがビクッと震える。

脅《おど》したつもりはないんだけど……。

キッチンに行ってクーが用意してくれたケーキを食べる。

「それでどうだった?」

「うーん。普通?」

エリを押しのけるようにして隣に座ったクーに答えた。

トラブったらいやだなと思ってエリに来てもらったところはあったけど、とくに何もなかったので、逆に説明が難しい。

「あたりを火の海にしたらやまとに叱《しか》られたと思うので、助かりました」

と正面に座るエリがにこやかに話す。

彼女もけっこう物騒なところがある。

俺の心情を推し量りながら行動してくれるから楽なんだけど。

「何もなかったなら何よりね」

と言うクーに同感だ。

クーとエリが暴れたらけっこう被害が出たかもしれないから。

「今日も配信するの？」

「どうしようかな」

クーの問いに俺は答えられなかった。

大金が一気に入ってきたせいだろうか。

「どうかしました？」

エリに問われる。

「いや、いきなりお金が入ってきたからびっくりして」

単に自宅を配信してただけなのになぁ。

「やめたくなったならやめてもいいいんじゃない？」

とクーは言う。

「そうなんだよ」

よくわからないけど、大金が入ってきたら税金が大変らしい。
そんな大変な思いをしてまで続けたいのか？

「軽い気持ちではじめたからね」

「なら、軽い気持ちでやめてもよいのでは？」

とエリも言ってくる。

「ふたりとも俺をやめさせたいみたいだな」

と言って笑うけど、違うのは理解していた。

彼女たちは常に俺の気持ちを尊重しているだけ。

やめたくなったいまはやめろと言って、続けたくなったら応援してくれる。

そんな性格なのだ。

と思っていたらスマホが震えた。

「欲しかったポーションを作れた！　これで家族は助かる！　ありがとう！」

というメッセージがソーク氏から届く。

「そうなんだ」

よかったなと思う。

「役に立てたなら何よりです」

とメッセージを送る。

「やまと、いい顔になったね」

クーがにこりと指摘した。

「え、そう?」

「はい」

エリがにこやかに肯定する。

「喜んでくれる人がいるなら、続けてもいいかな」

と思う。

「今日はどこに行くかな」

と俺は自分の部屋に戻って、椅子《いす》にもたれかかりながら悩む。

動画への反響をチェックした感じ、果実は意外と需要《じゅよう》があるらしい。

他にもなんかみんなが欲しいブツはあったりするかな？

「聞いてみないとわかんないな」

とつぶやく。

もっともリスナーだって、どんなブツがあるのかわかるはずがない。

「どうやって？」

とクーが合いの手を入れてくる。

「たしかにいまクエストを受け付けるって無茶すぎるね」

こういうものを売れます、とアピールするほうが必要な人に対しても親切になりそうだ。

「ウチのダンジョンには何があるのか見てもらうのが先かな」

「それだと配信というよりは商売ね」

クーのツッコミがもっともすぎて苦笑しか出てこない。

「売るのはどうかと思うけど、誰にでも提供するのは無理だろうからなぁ」

買える人だけっていうふるいわけはしたい。

「ニンゲン全員に配るのはさすがに無茶ね」

とクーも同意する。

「それに不死鳥の羽根などは世に出さないほうがよいかと思いますよ」

いつの間にか来ていたエリも意見を言った。

「なるほど。何を出すとやばいか、そこも考えなきゃか」

考えることが多い。

ひとりだと大変かもしれない。

「誰かに相談できればいいんだけど」

そんな都合のいい人なんているのかな？

「調べてみるか」

いればラッキーと思って検索してみたら、ダンジョン協会なるものが存在しているらしいと出てくる。

「ダンジョン産の買い取りもオッケーなのか」

「信用できる？」

クーの一言は何気ないようで鋭い。

「うん？　国の機関だし大丈夫なんじゃないの？」

民間企業よりは安心なんじゃ？
と思っていると、クーとエリが目を合わせうなずき合う。

「わたしたちもついていこう」

「なんで？」

クーの言葉に疑問を返す。

「俺、おつかいくらいできる年だよ」

いくらなんでも過保護すぎるのでは、と思いたい。

「ソーク氏は未知の外国人だったけど、今回は日本の国家機関だよ？」

安心できる相手じゃないかな。

「ついていく」

「わたしもです」

ふたりに譲《ゆず》る気配は全然ない。

こうなると頑固なんだよなぁ。

「わかった。じゃあエリに頼もうかな」

俺が恥ずかしい以外にデメリットはないのであきらめる。

「なぜ!? またこいつ!?」

クーが納得できないと憤慨《ふんがい》した。

「信用が違うのでしょう」

エリは得意そうに胸を張ったけど、煽《あお》ってない？ 気のせいだよね？

「わたしも、行きたい！」

クーが俺の両手をしっかり握って懇願《こんがん》する。

「じゃあそのうち三人で行ってみようか」

エリを外すのはなんとなくこわい。
クーのやりすぎを止められるとしたら彼女だからだ。

「むう……留守番よりはマシ」

クーはちょっとむくれたけど、いちおう納得はしたらしい。

「今日は四階にしようかと思ったけど、やっぱ二階にするよ」

「外に出すことを考えるなら、そっちのほうがいいですね」

とエリが賛成し、クーもうなずく。

よそのダンジョンはどうか知らないけど、ウチのダンジョンは下の階層に行くほどいいアイテムが出る。

その分危険度も増すんだけど。

「じゃあジャターユを」

と呼ぼうとしたら、エリに止められる。

「わたしなら実況もできると思いますけど」

「むー」

クーが先に反応したものの、否定はしなかった。
たしかにエリならソツなくできるかも。

「だからあいつを推薦《すいせん》したのに。あの鳥め」

クーが何やらぶつぶつ言ったけど、早口すぎて聞き取れなかった。

「でもエリもみんなこわがるからダメだな」

「ガーン!?」

却下《きやつか》するとエリは珍しくクーみたいな反応を示す。

「くく、ざまー」

クーがお返しとばかりに彼女を煽る。

ふたりがバチバチにやりあったら家が吹き飛ぶからやめてくれない?

「ストップ!」

とりあえず待ったをかけたので、二人は止まる。

指笛でジャターユを呼ぶと彼はすぐに来た。

「ヒッ!?」

直後、クーとエリのふたりににらまれて、彼は大いにビビる。

すばやく俺の背後に飛んでくるのはいつものパターンだ。

「まあふたりがいないと大変なフロアだってあるんだから」

彼が気の毒なので、俺はふたりをなだめる。

これはウソじゃない。

すごいアイテムが採れる下のフロアだと、クーとエリのふたりにもビビらない奴も存在している。

「それまで待つか」

「出番はありますものね」

とふたりは矛《ほこ》を収めた。

ジャターユは安心して俺の肩の上にとまる。

「今日はどこに行く？」

「二階だよ。鉱物があるから、欲しがる人いるかなって」

「承知した」

ジャターユが引き受けてくれたので、俺は立ち上がった。

「じゃあ行ってくるよ」

「やまとの好物をつくって待ってるね」

とクーが微笑で見送ってくれる。

「手伝いましょうか？」

エリが申し出るけど、

「いらない」

彼女は冷たく断った。
料理するのをいつもひとりでやりたがるよなぁと思いつつ、俺は部屋を出る。
いちおう一階から撮影を開始した。
と言っても前に撮ってあるので、まっすぐに下の階を目指していくだけ。
犬と猫は俺たちを見てもまた来たのか、という様子でスルー。
一階はとくに起伏《きふく》もなく、罠《わな》もない。

たぶんダンジョンに慣れてる人には歩きやすいだろう。
誰も来ないから、感想を聞いたことないけど。
『この階段を降りると下の階に進める』
とジャターユがイケボで話す。
気の利《き》いた鳥である。
なんの変哲もない階段を降りていくと、青い光を放つ壁と天井が目に映った。
クーいわく、「青月鉱《ブルームーンアルク》」と呼ぶらしい。
何もなくても青い光を常に発し続ける鉱石だ。
夜でもまぶしいのは欠点だと思う。
使い道って何かあるのかなぁ？
と思いながらジャターユの実況を聞く。
まっすぐに歩いていくと、ヘビが出てくる。
『エンシェントワームだ』
とジャターユが告げた。

たしか一階の犬や猫よりも強いんだっけ。
俺には違いがよくわからないけど、みんなそう言っている。
この地に多いのはヘビたちだ。
俺は平気だけど、苦手な人にとっては難関になってしまうかもしれない。
ヘビたちを通り抜けていくと、次に出てきたのは大きなニワトリだ。
たまにクーが料理として出してくるんだけど、肉もタマゴも美味《おい》しい。

『グランドコカトリスだな』

とジャターユが名前を話す。
こいつらとは戦いにならないから、ほかに言いようがない。
ジャターユはよくやってくれていると思う。
二階はまだ難易度が低いので、出てくるのは二種類だけだ。
罠もないし広さもあるので、戦いやすいだろうな。
自宅のダンジョンじゃなかったから、住所を教えてもよかったんだけど。
三階へと続く階段の前に鎮座《ちんざ》するのは全身が青い金属の巨人。
たしかゴーレムの一種だったと思う。

『このフロアのボス、アルフ・タロースだ』

とジャターユが話す。

立ち上がると三メートルくらいの高さになるし、パワーもスピードもあるすごいやつだ。

俺たちなら戦わずにどいてくれるので、動画にするにはふさわしくないかも？

リスナーは戦いを見たいんだろうしね。

やっぱり俺の動画がウケたのって物珍しさとアイテムが理由だろう。

あるいはモフモフは強いとか？

今回の動画の反響次第では、ヘビは撮影しないようにしたほうがいいかな。

掲示板回「アマテル再び」
◇このダンジョンがすごい
「アマテル」の動画が来たか
◇このダンジョンがすごい
今度はどんなことぶちかましてくれるのか楽しみ
◇このダンジョンがすごい
わかる
正直俺も同じ気持ちだ
◇このダンジョンがすごい
すっかり「アマテル」は認知されたな
◇このダンジョンがすごい
そりゃ二つの動画がどっちもインパクトありすぎだったから
◇このダンジョンがすごい

今回はまた別のフロアかは？　「青月鉱《ブルームーンアルク》」だと？

◇このダンジョンがすごい
は？？？？？

これグラム１００万円以上する希少鉱物じゃなかったっけ？

◇このダンジョンがすごい
魔法が効きにくくて物理的ダメージにも強いダンジョンに挑んでる人には超絶人気アイテム

◇このダンジョンがすごい
一面が希少鉱物？？？？？？？

◇このダンジョンがすごい
いや、さすがに全部純度がすごいわけじゃないだろないよな？？

◇このダンジョンがすごい
「アマテル」の動画だから本物かもしれない

◇このダンジョンがすごい
誰が配信するかって大事だよな……

◇このダンジョンがすごい
!?
なんだこのバケモノ!?

◇このダンジョンがすごい
エンシェントワーム!?
戦力１３０!?

◇このダンジョンがすごい
またとんでもないやばいやつが出たな

◇このダンジョンがすごい

希少鉱物を求めてここに来たら、こいつがこんにちはか……

◇このダンジョンがすごい
比喩《ひゆ》抜きで命がけだな

◇このダンジョンがすごい
行きはよいよい帰りは地獄

◇このダンジョンがすごい
行きはよいよいか？
いきなりモンスターの戦力が跳ね上がるって聞いたことないぞ？

◇このダンジョンがすごい
ふつうに考えるなら、来るまでにも戦力１００相当のモンスターがうろついてるはずだ

◇このダンジョンがすごい
えっっっ

グランドコカトリス⁉

◇このダンジョンがすごい
都市伝説じゃなかったのか、アレ……

◇このダンジョンがすごい
都市伝説ってなんだ？

◇このダンジョンがすごい
コカトリスって鳥モンスターにはグランドコカトリスっていう上位種がいるとか、そういうフレーバーテキストが見つかったんだ

◇このダンジョンがすごい
見たことも聞いたことないって話題になってたはずなんだが

◇このダンジョンがすごい
ああ、伝説上の存在と思っていたら実在してました
しかもザコモンスターっぽく、何体もダンジョンをうろついてます

ってことなのかｗ

◇このダンジョンがすごい
戦力１５０ってエンシェントワームよりも上なのか
やばいなｗ

◇このダンジョンがすごい
感覚がマヒしてくる……
ずっと戦力50がラスボス級に強いと思ってたのにｗ

◇このダンジョンがすごい
わかるわかる
ところであの青色のデカブツはなんだろう?

◇このダンジョンがすごい
どうせまた初めて見るモンスターだろ

◇このダンジョンがすごい

アルフ・タロース???
戦力がバグってて、表記されないんですけど???

◇このダンジョンがすごい
え、こわい
なんで画面がぐにゃぐにゃになるんだ?

◇このダンジョンがすごい
こんなの初めてだな
問い合わせしよう

◇このダンジョンがすごい
このフロアのボスモンスターって
ボスモンスターいるんかい!

◇このダンジョンがすごい
えっ? じゃあ、まさかと思うけど
いままで見てきたやつら、ボスじゃなかったの??

文字通りその他ザコモンスター枠《わく》だったの？
◇このダンジョンがすごい
ははは……
ウソだよ
きっと「アマテル」なりのジョークなんだよ
◇このダンジョンがすごい
他のダンジョンのラスボスより圧倒的に強いモンスター
すべてがその他ザコだなんて、あるわけがないだろ？
◇このダンジョンがすごい
毎度毎度衝撃的な情報をぶち込んでくるな……

第6話「友だち」

クーがつくってくれた晩ご飯を食べたけど、反響は見なかった。

「確認しないの？」

ふしぎそうな顔をしたクーに聞かれてしまう。

「うーん、いますぐじゃなくてもいいって思ってね」

隠しごとできる相手じゃないので正直に答える。

「投稿したあとすぐにチェックしはじめると一《いっ》喜《き》一《いち》憂《ゆう》してしまって、時間の消費が激しくなりそうなんだ」

俺は気になりだすとけっこう沼にハマりそうだから。

「そうね。いい心がけだと思う」

クーはニコッと笑って、俺の意見を支持してくれる。

「わたしと過ごす時間が増えるわけだから」

「ああ、そういう」

機嫌がよくなった理由に納得した。

クーってかまってほしがる性格なんだよね。

「クモなのに子犬みたいだな」

「むー」

不満たっぷりの感情を乗せた視線で抗議してきた。

「かわいいぞ」

とほめると、

「ご、ごまかされないから」

動揺《どうよう》して目をそらす。

ちょろいと言ったらまた機嫌が悪くなる。

思うだけにしておこう。

部屋でクーに膝枕してもらって、スマホで動画をながめる。

「これがほかのモノなのね」

クーもいっしょにダンジョンを見た。

「クーからすればきっと弱いんだろうね」

ウチのモンスターたちも弱いあつかいするからなぁ。

「もちろん。わたしより強い者なんていない」

クーは得意げに胸を張る。

この動画に映ってるモンスターと、ウチにいる連中とどっちが強いのか。

俺にはわからないや。

「クーからすれば誤差なのかな？」

「ああ、ニンゲンの言葉を使うなら、五十歩百歩とやらになるかしら」

とクーは答える。

やっぱりそうなんだ。

「わたしがいるかぎり安心よ」

とクーはささやく。

「そうだろうな」

「そうよ。わたしだけを見て」

まるでフィクションで見るヤンデレみたいなことを言う。

「そういうわけにもいかないよ」

俺は笑って受け流す。

彼女がその気になればもっと危険な目にあっている。

いまの状況こそ彼女が本気じゃない何よりの証拠だ。

「そうですよ」

とエリが部屋に入ってきて口をだす。

「やまとが豊かな生涯《しょうがい》を送るためには、あなた様だけに縛《しば》られてはいけません」

彼女が言うとクーと火花が散ったように見える。

「くつろぎタイムなのにケンカするなら、部屋から出ていってくれよ？」

俺がふたりをけん制すると、

「「ごめんなさい」」

ふたりは同時に謝った。

険悪な空気は消えてまったりとした空気が戻ってくる。

「三人でなんかゲームでもやる？」

許したサインとして提案するとふたりは乗ってきた。

「いいですね。トランプはどうですか？」

とエリが応じる。

「七ならべなら負けない」

クーも好戦的な笑みを浮かべたので話は決まりだ。

三人でやってみた結果、クーが最下位になる。

「な、なぜ……」

一番わかりやすい性格だからだろうな、というのが正直な感想だ。

エリは常に微笑を浮かべているので、とてもわかりづらい。

俺はさすがにクーほどわかりやすくはないって感じ。

「不可能はあったな」

と俺はクーをからかう。

「ぐっ……やまとにはかなわない」

なぜか彼女の中では俺に負けたことになったらしい。

ちらっとエリを見たら余裕の笑みが返ってきた。

◆◆◆

ポーションを生成したあと、ソーク氏は護衛たちに守られて大急ぎで自宅へ戻った。

屋敷では妻と娘のふたりが病床《びょうしょう》に臥《ふ》せっている。

ふたりがかかっている病名は「魔血病」という。

マナと名付けられた微粒子《びりゅうし》は、人類の体内で代謝《たいしゃ》されて魔力に変換されるのが通常だ。

しかし、代謝能力が低い者は魔力に変換されず、微粒子のまま体内に蓄積されていく。

少量なら平気だが、多量になってくると人体に悪影響をもたらす。

重症になると血管が微粒子に侵蝕《しんしょく》され、全身が黒く染まり、体が動かなくなってやがて死に至る。

「対策は癒《い》やしのリンゴと幻想の果実を使ったポーションを作ること、と言われたときは絶望したものだ」

ソークはそうつぶやく。

「おまえたち、ただいま。持ってきたぞ」

使用人がドアを開け、ふたりに声をかけてポーションが入ったガラスビンを見せた。

「あなた。ジェニーから」

弱弱しい声で彼の妻が言う。

せめて娘だけでも助かってほしいと希望していた妻の頼みに、ソークは従った。

ポーションを飲むと苦しそうだったジェニーの表情がやわらぐ。

すこしずつだが黒い色が薄くなっていき、本来の美しい肌が戻ってくる。

「おお、ここまですぐに効くものなのか」

ソークは感嘆《かんたん》の声を漏《も》らす。

数日かけて戻っていくものとばかり思っていたのだ。

「パパ」

と呼びかけるジェニーの表情には生気が戻っている。

「よかった」

ソークは涙ぐみながら妻にポーションを飲ませた。

彼女もまたすぐに変化が現れる。

「ふたりに水を持ってきてくれ」

と彼は使用人たちに指示をだす。

「すでに準備は終えています」

老年の執事が優雅な一礼で答える。

「さすがだな」

ソークは感嘆した。

「医者への連絡は？」

「すでにしております」

老年の執事の答えに彼は満足する。

ふたりはどんな食事をとれるのか、元通りになるまでにどれくらいかかるのか、確認したいことが山積みだ。

「終わったら『アマテル』にあらためて礼をしないとな」

大切な妻と娘を助けてもらった恩は、お金だけですまないとソークは思う。

「とは言え、勝手なことをするのもな」

本人が望まないことを押し付けたくない。

それに懸念《けねん》事項もある。

「旦那様《だんなさま》」

執事のひとりがドアの向こうから呼びかけた。

ある指示を出していた者の声なので、部屋の外に出て対応する。

「何かわかったか？」

「魔法が使われた痕跡があるとだけ。あと戦力計測機は使われていません」

「そうか」

ソークは執事の答えに腕を組む。

「つまり、『アマテル』ともうひとりの女の戦力はゆうに２００を超えている、という予想が当たっていたか」

「軍によると、２００程度ではそんなひどいことにならないそうです」

と言った執事の顔色は悪い。

「なるほど……それなら魔法の痕跡が残っていたのはおかしいか」

戦力50を超すモンスターは、痕跡が残らない魔法を使ってくる個体がいる、という情報をソークは持っている。

戦力２００超えがそれをできないというのは不自然だ。

「一種の警告と考えて正解のようだ」

その気になればどうとでもなると言われた、とソークは解釈する。

やはりあのとき、余計なことをしなくてよかったのだと確信した。

『アマテル』個人はシャイな日本人のようだったが、隣にいた女は得体が知れない不気味さがある。

「妻と娘に相談だな」

ふたりはおそらく会って礼を言いたがるだろう。

『アマテル』は承知してくれるだろうか？

◆◆◆

学校のほうでは特に変化はない。

山野《やまの》たちがうざいなと思ったら、烏山《からすやま》さんたちに呼ばれて会話する。

「不死川《しなずがわ》くん、クッキー食べる？」

と甲斐谷《かいたに》さんがまたお菓子をくれた。

いいのかなぁと思いつつありがたく受け取る。

「ちっ」

男子たちの視線がすこし痛い。

甲斐谷さんは男子からの人気がとてもある。

甘くて可愛《かわい》いルックスと、はちきれそうなボリュームのボディの持ち主だからだろう。

そんな人気の女子が陰キャの俺に優しいなんて、納得できないと思われていてもふしぎじゃなかった。

当事者の俺が疑問に思ってるくらいだしなぁ。

「それで今度店に行ってみない？」

烏山さんと楠田《くすだ》さんはファッションの話をしているらしい。

女子ってオシャレ好きだなーっと聞いている。

まあこの三人ならブランドものを着ても決まるんだろう。

「ねー、不死川くんも来ない？」

と甲斐谷さんが、突然話しかけてきてぎょっとする。

「いや、俺は遠慮《えんりょ》するよ」

どう考えても釣り合わない。

教室で話はするけど、いっしょに遊んだことはない。

烏山さんと楠田さんに反対されて終わりだろう。

「別にいいじゃん？　おいでよ」

ところが烏山さんが賛成する。

「えっ……」

「異議なし」

楠田さんも言ったので俺の参加が決まりそうだ。

「マジで？」

男子の声が聞こえるが、俺の心の声とシンクロしている。

どうしてこうなった？

「学校から直接行くから」

よろしくーと烏山さんに言われてしまう。

断れるような流れじゃなかった。

クーには連絡を入れておこう。


「不死川ー、いっくよー」

ゆるい感じで烏山さんに誘われ、俺はバタバタと合流する。

「あわてなくていいよー」

甲斐谷さんがコロコロ笑う。

男子たちから刺すような視線を感じるのは、気のせいじゃないんだろうな。

「なんであんなやつが」

怨嗟《えんさ》のこもった声を聞き流す。
甲斐谷さんはニコニコ、ほかのふたりはカッコイイくらい堂々としている。
女子たちってどこに行くんだろう？
と思いながら俺は三人のあとをついていく。
三人とも男の視線を集めている。
そしてあとを歩く俺はなんなんだろう？　という目で見られるパターンだ。
「不死川って甘いものきらいじゃないよね？」
三人の短めのスカートから伸びる足に、スケベな視線を送ってるやつはけっこう多い。
後ろから見てると露骨すぎると感じるときがある。
「不死川さ、甘いものきらいじゃないよね？」
烏山さんはいきなり足を止めてふり返った。
ちょくちょく甲斐谷さんから甘いものもらってるから、確認しただけだろう。

「平気だよ」

「じゃあここ入ろ」

烏山さんが指さしたのはオシャレでファンシーなスイーツショップだった。
当然と言うべきか、中の客はほとんど全員女子である。
たまにカップルらしきペアもいるけど、男のほうは居心地悪そうだ。
気持ちはとてもよくわかる。
俺なんてカップルですらないけど。

「不死川くん、ここー」

甲斐谷さんに言われた通り、彼女の隣に腰を下ろす。
座席にあんまり余裕がないので、彼女と体が触れ合ってしまいそうだ。

「あはは～そんな気を遣わなくても平気だよー」

俺が間隔をとってるとバレバレだったのか、甲斐谷さんが言う。

「不死川っておもしろいよねー」

烏山さんたちにも笑われた。

バカにされてる感じはしないけど、ちょっと恥ずかしい。

話の中心は烏山さんと楠田さんのふたりだ。

甲斐谷さんはニコニコして、相槌《あいづち》を打ち、聞かれたことに答える。

「で、不死川はどうなん？」

それだけならよかったんだけど、みんな俺にも話を振ってきた。

会話に加われないのはつまらないという配慮《はいりょ》だろう。

女子トークに入るのはきついかもって配慮してもらえたら、もっとありがたいなと思いながらしゃべる。

「へー」

三人ともなんとなく俺の考えをおもしろがっている気がした。

「男子ってそう思うんだー」

　というのが甲斐谷さんの答え。

　男子の知り合いならいくらでもいそうなのに、と思ったけど言わなかった。

「そう言えばなんか最近ダンジョン配信ってよく聞くよね」

「そうだね」

　烏山さんが言い出して何やら話の方向が変わる。

　俺がびっくりする変わり方するのは何回目？　という話だけど、まさかダンジョン配信とは。

「不死川、なんか知ってる？」

「ううん」

　楠田さんの問いに首を横に振る。

嘘ついて悪いとは思うけど、自分が『アマテル』の正体だと明かしたくない。

「山野のことだから、不死川がくわしくないと思って絡んでんじゃない？」

と鳥山さんの推測。

「ありそー」

楠田さんと甲斐谷さんが顔をしかめる。
うん、うすうすは察していたけど、山野みたいな男子がきらいなんだろうな。
だから俺に話しかけてくるようになったと。
知らぬ存ぜぬを通さないと、もっと面倒になりそうだなぁ。

「あたし、ちょっと興味あるんだけどねー」

と鳥山さんが言い出す。

「あたしも」

と甲斐谷さんも言った。

楠田さんは興味がなさそうな顔をしている。

「ところで『ルシオラ』って知ってる？　女の配信者なんだけど」

と烏山さんに聞かれた。

「知らない」

何人か見たダンジョン配信者の中にはいなかったと思う。

全員が男だったし。

「ならいいや」

という烏山さんの様子になんか引っかかるものを感じた。

もっとも言葉にできないもやもやなので、黙ってやり過ごす。

「それよりそろそろ出ようよ」

と楠田さんが言う。

「あたしら服を見に行きたいんだけど、あんたも来る?」

ちらっとスマホで時間を確認した烏山さんが、俺に聞いてくる。

おそらく彼女たちにそんなつもりはないだろうけど、拒否しづらい空気だった。

「おともします」

と答えると、

「何それ。かしこまってんの?」

楠田さんに笑われてしまう。

「友だち同士なのに、何言ってるのー?」

甲斐谷さんも苦笑い――というにはふわふわした態度だった。

女子相手にかしこまってしまう陰キャ男子心理、彼女たちには理解しづらいらしい。

クーやエリならぜんぜん平気なのに。

人外だとわかってるからかもしれないけど。

「友だちか」

友だちって響きは甘美だ。

俺たちはもう友だちなのか。

陽キャの距離感はよくわからないけど、彼女たちが言うならそうなんだろう。

「ニヤニヤしちゃって、今さら？」

「え、あ、ごめん」

楠田さんに指摘されて、俺は頬《ほお》がゆるんでると自覚した。

「友だちって言われて喜ぶとか、カワイイところあるじゃん」

烏山さんにからかわれてる気がする。

四人で来たのは古着ショップだった。

三人の女子は服を手に取ってお互いに意見を言い合う。

そして最後に俺にも意見を求めてくる。

「ちょっと不死川ー。あんたさっきから似合うしか言ってないじゃん」

「もうちょっとなんか言いなよ」

ところが、烏山さんと楠田さんに呆《あき》れられてしまう。

だって三人ともタイプが違う美少女だし……。

「いやいや、ほんとに似合ってるし」

と俺は勇気を出して答える。

女子の褒《ほ》め方なんて知らない俺には、かなりハードルが高いミッションだった。
可愛《かわい》いとかきれいとか、同級生の女子に言うのは恥ずかしい。

「ふーん」

烏山さんと楠田さんはじろじろと俺の顔を見る。
なんだろう？

「まあまあ、本音っぽいから許してあげようよー」

と甲斐谷さんがゆるい口調でかばってくれる。

「たしかに。照れながら言ってるから、許してやるか」

と烏山さんは納得した。
照れてるのがバレバレだったか。
しっかし古着ショップと言ってもいろいろあるもんだなと感心する。
来たことがないから全然イメージできなかった。

棚《たな》の上にある段ボール箱が崩れて落ちてくる。

「きゃっ」

気づいたのは俺と甲斐谷さんだけ。

残り二人は背を向けているから無理ない。

「あぶなっ」

とっさに体は動いていて、俺は段ボール箱を左手で止めた。

「大丈夫ですか⁉」

離れた位置でこっちの様子をうかがっていた女性店員が、あわてて駆け寄ってくる。

「はい」

鳥山さんと楠田さんはぽかんとした様子で俺を見たまま、力なくうなずいた。

「不死川くん、すごーい」

甲斐谷さんが褒めてくれる。

「それ、重量がかなりあるはずなんですけど、すごいですね。さすが男性」

女性店員も俺に感心した。

「不死川、ありがとう」

「危ないところ助けてくれてありがとう」

烏山さんと楠田さんのふたりに礼を言われる。

「どういたしまして」

気の利《き》いた言葉は出てこなかった。

スマートな対応ってどうやればいいんだろう?

女子たちは一着ずつ買ったものの、俺は何も買わなかった。

「じゃあそろそろ解散する?」

「そだね」

店を出たところで、烏山さんと楠田さんが言う。

確認したら時刻は十八時前だった。

暗くなりはじめているし、女子はそのほうがいいんだろうな。

「不死川の家ってどっち?」

と烏山さんに聞かれる。

「ええっと」

たぶんこっちだなと指をさす。

「じゃあリンと同じ方角だね」

「送ってあげなよ。途中まででいいからさ」

烏山さんと楠田さんに言われる。

リンってだれ？

きょとんとすると、甲斐谷さんがぽんと俺の肩を叩く。

「ごめんねー。お願いしてもいい？」

とやわらかい笑みで頼まれる。

「いいけど」

帰り道が同じならかまわない。

俺ひとりいたところで役に立つか怪しいけど、いないよりはマシなんだろう。

「不死川くんってさ、もしかして鍛えてたりする？」

と甲斐谷さんに聞かれる。

「いや、とくには」

素直に答えた。
心当たりと言えばクーやエリといっしょにダンジョンにもぐったり、犬や猫と遊ぶくらい。
あれらを鍛えるっていうのは違うだろう。

「ほえー、そうなんだぁ」

甲斐谷さんはふしぎそうにこっちを見る。
女子にまじまじと見つめられると気恥ずかしい。
それっきり話題はなくなって、改札口の前で別れる。

「じゃあ、また学校でねー」

「うん」

土日は学校が休みだから月曜日だな。

可愛く手を振ってくれたので、おじぎを返す。

女子に手を振り返す勇気が俺にはなかった。

女子と同じ時間を過ごすなんて、自分で自分が信じられない。
まるでフィクションって言いたくなるくらい非日常だった。
女子の服の種類がとくにすごく多かったのも印象的だ。
日々の組み合わせを考えるのも大変そうだなと思う。
クーは和服を着たところしか俺が見てないからイメージできない。
エリは上手《うま》く着こなせそうだけど。

「ん？」

クーのことを考えていたからか、うちの塀《へい》の前に彼女らしき影がある。

「クー？」

「本物よ」

俺の思考を読んだかのように彼女は微笑《ほほえ》む。

「遅かったね」

「ああ、学校の友だちと遊びに行ってたんだ」

という説明は我ながら信じられない。

「そう」

彼女もちょっと目を見開いたのは、同感だからだろう。

玄関のドアを開けて閉めたとたん、背後からクーに抱きしめられる。

「メスの匂《にお》いがする。三人、いえ四人？」

と言った。

訳が分からない。

接近したのは女子三人と古着ショップの女性店員の四人であってる。

「クーってクモだよな？」

やっぱり嗅覚《きゅうかく》が犬並みじゃないのかって思う。

「わたしに不可能はない」

お決まりの言葉を彼女は言った。

つい最近エリに否定されてたけど、指摘するのは野暮《やぼ》だろう。

「わたしのこともかまって？」

「わかってるよ」

彼女の髪の毛をさわると糸状の金属みたいな手ざわりをしている。

本物の人間の髪じゃないからだろう。

クーは怒りもせず、黙って目を閉じる。

続きをっていうサインだ。

「やまと、まず手洗いうがいをすませたほうがいいのでは?」

いきなり現れたエリに指摘される。

「そうだな」

クーは目を開いてエリをにらんだけど、正論だけに何も言えなかったらしい。

「今日のおやつはなんだった?」

と聞いてみる。

クーの性格上、俺が遅くなるからとつくらなかったということはないはず。

「ドーナツ。好きでしょう?」

「うん」

クーは相変わらず俺の好きなものばかりつくってくれる。

親にバレたら小言《こごと》を覚悟しないといけないかも。

「やまと？　わたしだってつくれますからね？」

エリがなんか対抗心を見せてくる。

「いや、クーがいい」

きっぱりと断っておく。

「当然」

「くっ……」

勝ち誇るクーと悔《くや》しそうにうつむくエリの姿が対照的だ。

エリには悪いけど、クーのほうが数段ウデはいい。

エリの料理って見た目も味もアバンギャルドなんだよな。

それでいてまずくはないっていうムーンサルトを体験する気持ちになる。

「今日はダンジョンに行きますか？」

と気を取り直したエリに聞かれた。

「いや、やめておくよ。明日でもいいから」

夕飯後にダンジョンに行くのはなんとなく気が進まない。

明日あさって学校が休みでやることないんだし、明日でもいいだろう。

「今日はわたしとゆっくり過ごす。よね？」

確認の視線をクーは向けてくる。

「いいけど、やりたいことがあるんだよ」

烏山さんたちの話に出てきた『ルシオラ』という名前の配信者を探してみたい。

もしかしたら彼女たちとの共通の話題になるかもしれない、と期待しているからだ。

「わたしもつき合う」

「それはいいけど」

「晩ご飯は？」

彼女がかまわないというなら、これに断る理由はない。

「ヒマだったからすでにつくってある。いつでも食べていいよ」

とクーは答えた。

「さすが」

「ふふ、もっと褒《ほ》めて」

クーは得意そうに胸を張る。

先に晩ご飯をすませてから、スマホで『ルシオラ』を調べる。
どうやらかなり人気があるらしく、すぐに名前と動画が出てきた。

「この子が『ルシオラ』なのか」

年齢は俺とそんなに変わらないように見える。
茶髪をベリーショートにしてて、銀色の鎧《よろい》を装備していた。
手には黒い銃を持っているガンマンスタイルかな。
ウエストにポーチやホルダーをつけていてカッコイイ。

「あれ？　この人が『ルシオラ』本人だとするなら、他の人が撮影してるのかな？」

ダンジョン配信ってけっこう難しい。
ひとりでやってるなら、この映り方はありえないだろう。

「画面越しだけど気配はふたつあるわね。映ってるのがひとりだけで、ペアなんじゃない？」

俺の疑問に横から画面をのぞきこんだクーが答える。

画面越しでそんなことがわかるのか、と聞くだけムダだ。

不可能はないは言い過ぎにしても、すくないのは事実だから。

「それにしても貧弱な子ね。10程度かしら」

とクーがつぶやく。

彼女はときどき謎の数字を言う。

「クーからすればそうかもだけど、がんばってるじゃないか？」

俺は擁護《ようご》する。

高そうな装備を持っているし、いくつものダンジョンに入ってモンスターと戦っているのだ。

「俺みたいに自宅を散歩するだけっていうやつとは違うよ」

彼女はとても立派だと思う。

たとえ配信で稼《かせ》ぐのが目的だとしても、俺の考えは変わらない。

「まあやまとはこの子とは違うね。たしかに」

クーは同意したものの、ニュアンスがちょっと違う気がする。

気のせいかな？

「それにしてもここはどこなんだろう？」

プライバシーの関係か、どこのダンジョンかわかりそうな情報はない。

「行きたいの？」

とクーに聞かれる。

「単なる興味だよ。ほかのダンジョンを知らないから」

俺は笑って否定した。

行きたくないと言えばウソになるかもしれないけど。

「映ってるモンスターは小鬼かな？」

体のサイズは『ルシオラ』らしき女性よりも小さい。

「弱すぎるやつらね」

クーの反応はそっけない。

たしかにうちの犬猫よりも弱いかもしれないな。

「でも見た目は映えるよなー」

銃からレーザーみたいな光が出て小鬼が倒される。

まるでアニメのワンシーンみたいだ。

なるほど、こういうのが人気出るのか。

「あとは可愛《かわい》いからかな？」

画面越しでも『ルシオラ』は相当可愛い部類に入ると思う。

「かわいい？　こういう女がシュミなの？」

「へえ」

クーが言うと、反対からエリものぞきこむ。

「活動的な女がやまとのシュミですか」

「そういう話はしてないよ」

ここで否定しておかないとあとが面倒なので、バカバカしくても言っておく。
どういう女の子が好きかと言われてもなぁ……。

「む？　奥のほうから不穏な気配がする」

クーが不意に言い出す。

「え、奥？」

「うん、このダンジョンの深部のほうからな。この娘だと死ぬよ」

とクーは言う。

彼女のこの予言めいた発言はよく当たる。

「マジかよ」

どうすればいいんだろう？

「危ないって俺が言っても信じてもらえないんだろうなあ」

そもそもだれ？　と返されて終わるに違いない。

「行ってみる？」

とクーが聞いてくる。

「ここに？　行けるのか？」

「だいたい把握《はあく》したから」

クーはなんでもないように答えた。
どうするのかとエリといっしょに無言で問いかけてくる。

「いますぐ行かないとやばい？」

確認すると首を横に振った。

「明日なら間に合う。あさってはわからない」

「じゃあ明日行くよ」

俺は決断する。

「承知」

クーとエリが微笑《ほほえ》んだように見えたのはきっと気のせいだ。

「そう言えば誰と行くか、とは言ってなかったな」

俺はそっと息をこぼす。

玄関で靴《くつ》をはいた段階で、クーとエリが期待の視線を送ってきてる。

「普通ならエリなんだけど」

「なぜ!?」

エリはうれしそうに微笑み、クーは愕然《がくぜん》とした。

さすがにかわいそうか。

「暴れない？」

「……」

俺の確認にクーは黙って目をそらす。

「ウソをつかないのは好感持てるけど」

やっぱり心配なんだよなぁ。

「ではほかにも連れていくのはどう？　戦うのはそいつの役目ならいいのでは!?」

クーは代案を出してくる。

「うーん。アイデアはいいけどやられないか心配だな」

クーたちは強いけど、ほかのやつらはそうでもないっぽいからね。よそのモンスターと戦ったら負けてしまいそう。

「たいていのモンスターには勝てると思いますよ」

意外なことにエリがクーの味方をするような発言をした。

これにはクーも驚いている。

「あまり不満をためこんでも、あとが恐ろしいですからね。やまと以外が」

「そうなのか?」

エリの言葉を怪訝《けげん》に思う。

けど、すぐにクーのストレス発散方法を俺は知らないと気づく。

「まあ、大丈夫そうなら連れていってもいいけど。だれがいいかな? ファリニッシュあたり？」

首をひねって思いついたのは庭で放し飼いにしてる犬たちで、一番体が大きいやつだ。
大型の猟犬みたいな見た目なので、はったりにはなるも。

「あの子が無難でしょうね。やまとの護衛も務まるでしょう」

とエリは言う。

「あいつならわたしも賛成」

クーも納得した。

「やまと、準備はいいのですか？　おそらくですが、何かの拍子にあなたの姿が動画に映る可能性はあると思いますよ」

「あ……」

エリの指摘に間抜けな声が漏《も》れる。

そこはなんも考えてなかったな。

「『アマテル』としての服装、なんか考えたほうがいいのかな？」

すくなくとも素顔は出したくない。

「よければこれをどうぞ」

エリが真っ黒なお面を差し出す。

「わたしの魔法で作ったものです。クー様並みの実力者でもないかぎり、突破されないでしょう」

「ありがとう」

仮面をつけてみたらめちゃくちゃフィットした。

視界は明るいし、何もつけてないような感覚に驚く。

「すごいな。これ。ありがとう」

「喜んでもらえて何よりです」

エリは手を叩いて喜ぶ。

「服装はこのままでいいかな？」

なんの変哲もないウェアとジーパンなので、特定はされないと思う。

「ありでしょうけど、仮面とはあってないかもしれませんね」

エリの指摘に考え込む。

「わたしの糸で服を作ろうか？」

「時間が惜しいよ」

クーの提案はありがたいけど、さすがに俺のサイズに合った服は一瞬で作れない。

「むう。じゃあアラクネーのものを使うといい」

「ああ、なるほど。着替えてこよう」

アラクネーの服は着た人間に合わせてサイズを変えるという、ふしぎな効果を持つ。

おまけにクーいわく鉄より頑丈らしい。

クーが何着かプレゼントしてくれたのが幸いした。

俺が選んだのは青のトップスと黒のパンツだ。

最後に着たのは中一のころなので、当時の体格にあったサイズになっている。

俺が手に持ったとたん、いまの体格にあったサイズに変わった。

「何回見てもふしぎだよな」

俺しかいないのでぽつりと言う。

きっとこれも魔法の力なんだろう。

着替えたあと、エリに見送られてクーといっしょに外に出る。

「ファリニッシュ！」

俺が呼びかけると、一番大きな黒い犬が「珍しいな」という顔をしながらすぐに寄ってきた。

「いっしょにお出かけしよう」

「ウォン！」

うれしそうに返事をしたので頭をなでてやると、勢いよく尻尾《しっぽ》を振る。

「どうやって行けばいい？」

なで続けながらクーに問いかけた。

「わたしの魔法でひとっ飛び。そのほうがいいでしょう？」

彼女の言いたいことはよくわかる。

「ファリニッシュがいっしょだからね」

これだけ大きな犬がいっしょだと、使える交通手段は制限されてしまう。

「さすがに外で乗るわけにはいかないんだろうし」

ファリニッシュは俺を乗せて走れるんだけど、やっぱり人に見せるのはちょっとかっこ悪い。

馬じゃないんだから犬がかわいそうって言われてしまいそうだ。

「どこのダンジョンに行けばいいのかわかってる？」

とクーに確認すると、

「わたしに不可能はない」

どや顔で返される。

「うん、頼りにしてるよ」

「まかせなさい」

久しぶりの外出だからか、張り切ってるように見えた。

「あらゆる障害を無にして我、世界へ飛び立たん――テレポート」

クーが詠唱《えいしょう》するのは珍しい。

俺へのサービスかな？

子どもの頃は彼女が呪文を唱えるのを見たくて、何度も頼んだから。

俺たちの周囲の景色が一瞬で家の外から、どこかの建物の中に切り替わる。

「じめじめしてて洞窟《どうくつ》っぽいな」

きょろきょろ見た感じ、『ルシオラ』の動画に出てきた壁に似ていた。

クーが詠唱したぶん一発で引き当てたんだろう。

「どこにいるのかな、『ルシオラ』は？」

「そのためのファリでしょ？」

俺の問いにクーが言うけど、指名された当事者は「え、ぼく、何も聞いてない」という顔をしてるぞ。

クーは他人の気配を感知するふしぎな力を持っていて、だからここまで来られたと思うんだけど。

ファリにも働かせたいってことかな？

「俺以外の人間を探してくれるか？　おまえの鼻で」

かがんで頼んでみると、ファリは元気よく「ワン！」と返事。

周囲に誰もいないけど、こいつならきっとなんとかしてくれる。

スンスンと鼻を動かしたあと、こっちだと言うように俺を見上げながら駆け出す。

「うわぁ！」

「なんだ!?」

ほどなくして他の人を見つけたものの、誰もがファリを見て仰天《ぎょうてん》する。

腰を抜かして尻もちをつく人もいるけど、暗がりでファリみたいなデカい犬を見たら当然か。

配慮《はいりょ》がたりないと言われたら否定できないかもしれない。

でも、みんなモンスターを仲間にしたりしないのかな？

凶暴な個体もいるけど、ファリみたいに人懐っこいやつだっているのに。

クーとファリが「どうする？」とでも言いたそうに視線を送ってくる。

別に俺たちのせいでピンチになったわけじゃなさそうだし、放置でいいだろう。

何人かスマホや自撮りアイテムを持ってる人もいる。

彼らも配信者だとしたら、来る前に仮面をかぶっておいて正解だったな。

「先に行こう」

出る前にクーがかけてくれた魔法のおかげで、自分の声じゃない。

進んでいくけど全然モンスターが出てこないのは、やっぱりクーにビビってるんだろうな。
彼女といっしょだと一部の例外をのぞけば、だれも見かけないし。

「楽でいいか」

とつぶやく。
クーにビビらないやつは確実に強い。
クーが戦う事態なんて来ないほうがいいよね。
クーとファリのおかげで、知らないダンジョンでも緊張感はない。

「やまと、大丈夫？　休憩する？」

クーは何度も聞いてくる。

「そこまで軟弱じゃないよ。ちょっとは鍛えてるから」

俺は笑いながら答えを返す。

他人を助けに来たのにいちいち休むのはどうかと思うんだ。

「『ルシオラ』はどのあたりにいるんだろう？」

俺が疑問を言葉にすると、

「おそらくだけど十階。このすぐ下ね」

とクーはすぐ答えた。

ファリが「やっぱり俺いらないじゃん」という顔をしたけど、気持ちはわかる。

「行ってみようか」

もしかしたらまだ助けは必要ないかもしれない。

そのときは素直に引き返そう。

「なんかあったらファリ、頼むよ」

クーがやるとダンジョンを壊しそうだから。

というか過去に壊したことあるから。

「ワン」

とファリは応じる。

「しくじるなよ？」

クーがプレッシャーかけると、ファリはビクっと震えた。

「クー」

「わたしが悪いの？」

俺がたしなめると、彼女は納得できないという顔でこっちを見たのでうなずいておく。

「むう……」

うなるだけでそれ以上は言ってこない。

これでよしとしよう。

十階への階段を降りていくと、女性の声と戦闘の音が聞こえる。

「すこし急ごう」

俺は言うと駆け出す。

クーとファリは俺の足に合わせてくれている。

先行してもらいたいくらいだけど、敵性モンスターだと勘違いされたら厄介《やっかい》だしなぁ。


「な、なんで、こんなにトロールが？」

「まさかモンスターパレード？」


女性のふたり組が声をあげながら、必死に戦っている。

トロール？

疑問に思って前方を見ると、身長二メートルくらいありそうなこん棒を持ったデカブツがうじゃうじゃといる。

緑色の皮膚《ひふ》を持った鬼みたいな容貌《ようぼう》だ。

一対一なら女性たちのほうがずっと強いみたいだけど、数が違いすぎる。


「多勢に無勢ね」

とクーが評した通りだと思う。

ファリがいなければな。

「加勢します！」

俺は女性たちに大きな声で叫び、次にファリに指示を出す。

「ファリ、頼む！」

いちいち大きな声を出したのは、俺の味方だと印象付けるためだ。

「ワオオオオン！」

ファリが吠えるとすぐに彼の群れが現れる。

正式には別の呼び方があるらしいけど、俺は「仲間を呼ぶ声」と呼んでいる。

中型犬や狼の姿をした個体、大きなライオンの外見をした個体もいた。

ファリは「獣」に分類されるなら、いろんな種を同時に呼べるらしい。

「ええ!?!?」

女性たちは混乱しているが、獣たちが自分たちを無視してトロールに襲い掛かるのを見て、敵ではないと判断したようだ。

ファリの仲間たちのほうが強いらしく、一方的にトロールとやらを撃破している。

俺はその間に女性たちに声をかけた。

メチャクチャ警戒されててちょっとショックだけど、仮面かぶってるから仕方ないか。

「大丈夫ですか?」

「え、えええ」

女性たちは明らかにビクビクしている。

ファリのやつが大量の仲間を呼んだからかな?

いや、俺の見た目が相当怪しいってのもあるか。

不審者と長い時間いっしょなのは精神的に苦痛だろうから、用事をすませてしまおう。

「さしつかえなければ、上まで送りますよ」

「えっ……」


女性たちは困惑してるみたいだ。

ううん、これはまいったな。

俺は味方だと信じてもらえないとつらい。

クーがけわしい顔をして前に出ようとしたので、腕を彼女の前に出して制止する。

「差し出がましかったようでごめんなさい」

初対面の不審者にいきなり善意を押しつけられたらこわいかも。

そのことに気づいたので謝って帰ろう。

「い、いえ！　びっくりしすぎただけですから！　危ういところを助けていただいたのにお礼も言えず、失礼しました！」

と頭を下げてきたのは茶髪をベリーショートにした女性。

年は俺よりすこし上っぽい。

身振りでクーを下がらせる。

彼女が威嚇《いかく》したら『ルシオラ』たちとまともに会話できないだろうから。

トロールの群れを蹴散《けち》らしたところで、ファリは吠えて仲間たちを送還する。

「危ないところどうもありがとうございました」

ふたりの女性に改まって礼を言われる。

どちらも年は同じくらいでかなり可愛《かわい》い。

「いえ、たまたまです」

クーの力は説明するほうがやばそうなので、偶然ということにする。

「今のはなんだったんですか？」

と俺は状況を聞く。

「わ、わかりません。突然トロールの群れがうじゃうじゃと出てきて……」

「トロールなんてもっと下の階にしか出ないはずなんですけど」

ふたりの女性のきれいな顔にはとまどいが浮かんでいる。

「そんなことがあるんですね」

よっぽど強い個体なら自由にエリアを移動できるってのは、俺も知っていた。

クー、エリ、ジャターユ、ファリという例がいるから。

ただ、ふたりの様子からするとトロールはそんな強い個体じゃなさそうだ。

ファリが群れを圧倒できるくらいだもんな。

「なら、ダンジョンの外に出たほうがいいかもしれません」

と俺は提案してみる。

このダンジョンで何が起こってるのかわからないけど、すくなくとも彼女たちにとって危険な状態になっている可能性は高い。

「そ、そうですね」

ふたりは同意したものの、俺の様子（仮面でわからないはず）をうかがう。

「よければ同行します」

「ありがとうございます！」

ふたりはホッとしていた。

なるほど、自分たちだけじゃ不安だったんだな。

「原因を調べないの？」

クーは耳元でささやく。

「あとでもいいじゃないか」

俺はささやき返す。

『ルシオラ』たちを助けるという目的を優先したい。

ファリに先行してもらってもいいんだけど、彼はジャターユと違ってしゃべれないという問題がある。

感情は伝わってくるし、意思疎通《いしそつう》は確実にできてるんだけどなぁ。

「えっと……」

『ルシオラ』たちが話しかけようとするたび、クーがじろっとにらんで彼女たちがビクッとする。

彼女たちと会話するとぼろが出そうだから、これはクーを責められない。

三回くらいくり返したところで地上にたどり着けた。

「送っていただき、ありがとうございました」

「あのー、お礼をしたいので、お名前を」

『ルシオラ』のほうに名前を聞かれる。

本名は名乗りたくないし、『アマテル』と名乗るのはなんとなく恥ずかしかった。

「名乗るほどの者じゃないので」

と言って俺はダンジョンにふたたび入ってしまう。

「あっ」

残念そうな声は聞こえなかったふりをした。

「どうする？　一気に進む？」

とクーが小声で問いかける。

クーの魔法って見せても大丈夫なんだろうか？

「ちょっとくらいなら平気かな？」

いちいち説明する義理はないし。

というか今回はジャターユを連れていないから、実況もろくにできてない。

「詠唱《えいしょう》はなしで」

と言うとクーはニコッと微笑《ほほえ》む、次の瞬間俺たちは十階の地点に戻っていた。

魔法の発動速度が速すぎる。

視聴者には何がなんだかわからないだろうけど、放置させてもらおう。

「ファリ、よろしくな」

「ウォン！」

俺が声をかけるとうれしそうに答えた。

十階層の下に降りていくが、モンスターはまったくいない。

クーとファリのせいで逃げちゃったかな？

と思っていたら十二階で大きなゴリラの群れと遭遇《そうぐう》する。

黒い体毛と四本の太い腕を持ち、こっちを見てうなりながらあとずさりした。

「バーバリアンコングね」

クーは知っているらしく名前を告げる。

強いのかな？

と思っていたファリが飛びかかってあっさり蹴散らしてしまった。

「トロールとどっちが強い？」

クーに聞くと、

「こいつらよ。トロールが逃げ出したのもわかる」

と返ってくる。

なるほど、バーバリアンコングの群れがトロールを上に追いやった原因か。

じゃあ解決かなと思っていると、クーは微笑む。

「こいつらがこんなところにいる原因、探す？」

それは見つけておきたいところだ。

「ここのフロアボスを見に行くか」

いままでフロアボスらしきやつを見たことない。
うちのダンジョンとはずいぶん仕様が違うようだ。
でも、最下層まで行けばさすがにボス個体はいるだろう。
……いるよね？
と思いながら十五階へとやってくる。

「道中の戦闘はバーバリアンコングだけだったか」

うちのダンジョンだとまずありえない。
このダンジョンならではの特徴なんだろうか？
一本道を歩いていると、

「いるよ。ボス個体」

とクーがいきなり言った。

「そうなんだ？」

どこにいるんだろうと思っていると、広間にたどり着く。

一面赤く毒々しい花が床にも壁にも天井にも生えていた。

そして広間の中央にはひときわデカい花が咲いていて、こっちを見て向きを変える。

「オニウズカズラか」

とクーはその名を呼ぶ。

植物モンスターなのは見ればわかるとして。

「どんなやつなんだ？」

クーに聞いてみる。

「自分の種子をまき散らし、死体を栄養にする。弱い個体だと、生きながらでも苗床《なえどこ》状態にされる」

彼女の説明は淡々としてるようでいて、若干《じゃっかん》の嫌悪が混じっている。

「わたしの……に」

ぶつぶつ言っているのが聞こえた気がするけど、スルーしておこう。
俺の本名を呼ばない配慮《はいりょ》はしてくれたし。
なんか飛んできたけど、花粉かな？
幸い、俺には害がないタイプっぽいけど。
と思ってたらクーがバリアーみたいなものを張って、はじいてくれる。

「おまえ、ほろぼす」

あ、ダメだ、クーのスイッチが入ってしまった。
どうしよう？　止めようか？

いや、ちょっとくらいはストレスを発散させないとやばいか？

「ダンジョンを壊すなよ!!!」

必死に呼びかけると、小さくうなずく。
よかった、理性がしっかり残ってた。
ここから先は視聴者に見せられないと判断して、撮影を終了させる。

「無から生まれ、生まれては無へ。開闢《かいびゃく》をことほぐ者たちよ、滅びを識《し》れ――アポカリプス」

クーの体から無数の黒いボールが浮かび上がり、ビームとなって四方八方に撃ち出された。
花粉みたいなものも根っこも蔓《つる》も、クーが生み出した「黒」に吸い込まれていく。
じわじわと黒が空間に広がり、俺以外のすべてを呑《の》み込む。

「やまとに汚物をとばしたゴミめ」

とクーが何もなくなった空間に吐き捨てる。
怒ったポイントってやっぱりそこか……。

クーはこうやって過保護すぎるところがあるから、同行されるのは困るんだよなー。

掲示板回「ルシオラ」

◇このダンジョンがすごい
ルシオラちゃん今日も可愛《かわい》いな

◇このダンジョンがすごい
たしかまだ現役《げんえき》ＪＫなんだっけ？

◇このダンジョンがすごい
家庭の事情でお金を稼《かせ》ぎたいって自己紹介で言ってたな

◇このダンジョンがすごい
この容姿なら芸能界でもやっていけそう

◇このダンジョンがすごい
芸能界も魔境らしいぞ？
美女・美少女が山ほどいる世界
可愛いだけじゃ売れない

◇このダンジョンがすごい
それなら自分が頑張った分だけリターンが見込める
ダンジョンのほうがまだ稼げる確率は高いのか

◇このダンジョンがすごい
そういうことだな
ところで今日のダンジョン、なんかおかしくない？

◇このダンジョンがすごい
オークが４階にいるのは変だな
いつもなら７階くらいにいるんじゃね？

◇このダンジョンがすごい
火のエレメンタルが７階？
いつもは10階にいるよな？

◇このダンジョンがすごい
引き返したほうがいいんじゃないか？

◇このダンジョンがすごい
原因を調査したほうがいいからって続行するのか
危険だろ？
◇このダンジョンがすごい
稼ぎを考えたら、ある程度のリスクはとらないとってことか
◇このダンジョンがすごい
ルシオラちゃんのリスナーは顔目当ての男だけって言われてるのを
気にしてるのかな
◇このダンジョンがすごい
美人は気にする人いるらしいね
実力を認めてほしいとかなんとか
◇このダンジョンがすごい
美人には美人の悩みがあるのか……

◇このダンジョンがすごい
は？　トロールだと!?
しかもこの数はなんだ!?

◇このダンジョンがすごい
やばい！
逃げろ！　今すぐに逃げろって！

◇このダンジョンがすごい
数が違いすぎて逃げるのきついか…

◇このダンジョンがすごい
やばいんじゃね？

◇このダンジョンがすごい
ルシオラのほうが強いけど、物量が……

◇このダンジョンがすごい
ん？　なんだ？　男の声？

◇このダンジョンがすごい
なんだ、あのバケモノは⁉⁉
戦力、計測不能⁉⁉⁉⁉

◇このダンジョンがすごい
犬みたいなバケモノが吠えたら、見たこともないバケモノが
うじゃうじゃ出てきたんですけど⁉⁉

◇このダンジョンがすごい
加勢するって叫んだみたいだから、ルシオラの救援だと思うけど……

◇このダンジョンがすごい
そいつ『アマテル』だぞ！
本人の放送でメチャクチャ盛り上がってる！

◇このダンジョンがすごい
アマテルだったのか！
道理でな（納得）

◇このダンジョンがすごい
トロールの大群がまったく相手にならないバケモノの大群を呼べそうなやつって、あいつくらいだよな

◇このダンジョンがすごい
とんでも現象が連発されてんのに、みんなアマテルってだけで納得してしまう……

◇このダンジョンがすごい
アマテル？　声が違う気がするんだが？
声もなんらかのアイテムを使ってんのか？

◇このダンジョンがすごい
ありえるな……

とんでもないバケモノといっしょなんだし
あれはいったいなんなんだ？
◇このダンジョンがすごい
戦力計測するとき、名前も表示されるはずなのに
？？？？？？？としか出ないんだよな
◇このダンジョンがすごい
名前が表記されないって聞いたことがない……
初めてのケースなんじゃ？
◇このダンジョンがすごい
あまりにも強い個体の場合、名前すらわからないって
誰かが言ってたけど、デマだと思ってた
◇このダンジョンがすごい
アルフ・タロースだって名前はわかったのに……
まさかと思うが、あいつよりもさらに強いってこと？？

◇このダンジョンがすごい
アマテルがやばすぎてワロタ
いや、もう笑うしかないって……

第9話「『アマテル』という配信者がヤバい」

掲示板回「アマテル無双」

◇このダンジョンがすごい
ダンジョンの外に避難しろってか
妥《だ》当《とう》ではある

◇このダンジョンがすごい
アマテルがたまたま来なかったら死んでたからな…

◇このダンジョンがすごい
本当に偶然なんだろうか？

◇このダンジョンがすごい
怖いことを言い出すのはやめろ

偶然以外に何があるんだよ？

◇このダンジョンがすごい
アマテルが原因ってのはどうだ？

◇このダンジョンがすごい
は？

◇このダンジョンがすごい
人をピンチにしておいて助ける
マッチポンプか？

◇このダンジョンがすごい
アマテルはおそらく男だろ？
ルシオラは人気の美少女って考えればありえるんじゃないか？
アマテルの力ならたぶんトロールの群れを呼び出すくらいはできるだろ？
偶然助けに来るってこと、本当に起こると思うか？

◇このダンジョンがすごい
陰謀論乙《いんぼうろんおつ》
アマテルは自分でも配信してるけど、不自然なところはなかったぞ
せいぜいモンスターが片《かた》っ端《ぱし》から逃げ出すから、戦闘がないことくらい？

◇このダンジョンがすごい
戦力差が20くらい開いていれば戦わずに逃げ出すモンスターがいるって
わかっているし、弱いモンスターを追い払うアイテムもある
戦力１００オーバーがうじゃうじゃいる場所を平気で歩けるアマテルなら、
別にふしぎじゃない

◇このダンジョンがすごい
アマテルが配信してたのは→みたいな言いがかり対策かな？
してなかったらたしかに疑問はわいたかもしれない

◇このダンジョンがすごい
まさか何も考えてなかったりしてw

◇このダンジョンがすごい
あはははははw
最近で一番笑わせてもらったよw
おまえ、ギャグのセンスがあるなw

◇このダンジョンがすごい
ところでアマテルの配信、ときどき女の声らしきものが入るんだけど……

◇このダンジョンがすごい
は？

◇このダンジョンがすごい
まさか女連れ？

◇このダンジョンがすごい
さっきとは違う意味で空気がこえーよ

◇このダンジョンがすごい
アマテルが連れてるバケモノ、ファリって名前なんだ

◇このダンジョンがすごい
可愛《かわい》らしい名前だけど、日本人がつけるものとしては珍しくね？
もしかしてアマテルは外国人なのか？

◇このダンジョンがすごい
仮面で顔を隠してたからな……
体格的にはたぶんアジア人なんだけど

◇このダンジョンがすごい
アメリカが発見した古文書《こもんじょ》のテキストで
獣を統《す》べる大いなる支配者ファリニッシュって部分があるらしいけど
まさかだよね？？？

◇このダンジョンがすごい
あれってモンスターたちの神さまみたいなやばい連中の情報だろ？

俺たちで言うと天照大神《あまてらすおおみかみ》とかスサノオみたいなもん

◇このダンジョンがすごい
アマテルがいくらとんでもないことをやってると言っても
さすがに魔神とか邪神とか言われるやつらと仲いいわけないじゃん

◇このダンジョンがすごい
本物のファリニッシュが自由にうろつくなら、とっくにこの世界は滅んでるぞw
ファリニッシュが古文書に書かれてる通りの強さなら、だけど

◇このダンジョンがすごい
ファリニッシュって戦力３００を超えるってだけじゃなくて
戦力１００オーバーの獣たちを万単位で呼べるって話だからな
まさに獣の支配者だわ

◇このダンジョンがすごい
アマテルのところのファリも似たようなことをしてたけど
ああいう能力ってポピュラーなんだよなぁ……

群れる系のモンスターならわりと持ってるやつ多い

◇このダンジョンがすごい
ファリニッシュからあやかって名付けたんじゃないか？
フィクションだって神話に出てくる名前からとったりするんだから

◇このダンジョンがすごい
そんなところだろうな

◇このダンジョンがすごい
アマテルが最下層についたけど……
なんだ、このモンスター!?

◇このダンジョンがすごい
めちゃくちゃやばそうなのはわかる
もしかしてトロールの群れとか、こいつから逃げだしたのか？

◇このダンジョンがすごい

オニウズカズラ!?
戦力75!?
やばすぎるだろ
◇このダンジョンがすごい
こんなバケモノ、倒せるやつなんているのかよ!?
◇このダンジョンがすごい
あれ、画面が暗転した
なんで？

ダンジョンの最深部に発生したゲートで地上に帰還すると、ルシオラたちが待っていた。

「げっ……」

「あの、もしかして『アマテル』さんですか!?」

ふたりの女性が何やらキラキラした視線を向けてくる。
どう接していいのかわからないので、

「クー。自宅に」

と頼む。

「了解」

俺たちは彼女のテレポートで自宅へと戻ってきた。

「ふー、あせった」

と仮面を外しながらこぼす。

まさか待ち伏せされるなんて思わないじゃないか。

「あの女ども、目障《めざわ》りね。消す？」

クーがぶっそうなことを言い出したのであわてて止める。

「ダメだよ！　あのふたりが悪いわけじゃないんだから！」

彼女たちは単に感謝の気持ちを伝えたかったはずだ。

悪いのはどっちかと言うとコミュ障の俺だと思う。

「ちっ」

クーは舌打ちする。

これはしっかり止めておいて正解だったね。

「あれ、ソーク氏だ」

動画投稿用のアカウントのために作った連絡先に、ソーク氏からメッセージが届いてた。

『妻も娘も無事に快復したよ！　本当にありがとう！』

翻訳《ほんやく》ツールを使ってだいたいの意味をくみ取る。

「ソーク氏も律儀《りちぎ》な人だなぁ」

文面からは喜びと感謝にあふれていることが伝わってきて、こっちもうれしくなった。

『妻と娘がぜひ会ってお礼を言いたいと言っているんだが……』

続いた文面はうって変わって遠慮《えんりょ》がにじんでいる。

まあ、俺が陰キャでコミュ障ってのはバレたんだろうな。

気にすることじゃないと思うんだけど、どうしようか？

「別にいいのではないですか？」

玄関で立っていたからか、さっとエリが会話に入ってくる。

「あの者たちなら身の程知らずということもなさそうですし」

「……エリがそう言うなら、わたしも反対はしない」

おや、珍しい。

このふたりが揃ってそんなことを言うなんて。

いや、待てよ？

「もしかしてエリ、ソーク氏に何か仕掛けた？」

勘だったけど、図星だったらしくエリの微笑が深くなる。

「あなたにとって迷惑になる行動をとった場合、不幸になる魔法を少々」

絶対に少々じゃないよね。

過去のパターン的に。

直感したものの、素直に答えてもらったのは事実だ。

あと、俺を守るための行動なのも。

「話してくれてありがとう。ふたりが反対しないなら、会うくらいはいいのかな」

「わたしも行きたい」

とクーは主張するのは予想通りだ。

「あら、あなた様は今日いっしょだったじゃありませんか」

異を唱えたのがこれまた予想通りのエリ。

「次はまたわたしといっしょならバランスがとれると思いますが？」

と彼女は自分の意見をぶつける。

ふたりの間にはギスギスとした冷たい空気が生まれた。

「そうだな。ソーク氏と面識があるエリに頼むほうがよさそうだ」

俺はすばやく判断を口にする。

「ですよね」

エリはニコッと微笑《ほほえ》む。

「むう」

クーは不満を表情に浮かべたが、さらに反論はしてこなかった。

「ソーク氏には返事を送ろう。『前回会った場所でいいなら、お会いすることは可能です』」

メッセージへの返事はすぐには来ない。

果実ふたつにあの大金を用意できる人だから、きっと忙しいんだろう。

「次はこっちか」


俺の目はルシオラからのメッセージに移る。

俺の動画を見たのか、視聴者の誰かに教えてもらったのか。

危ないところを助けたのが俺だと知ったようだ。

さて、どうしよう？

『困ったときはお互いさまですから』

とメッセージを送り、改めて礼は不要だと伝えた。

クーやエリの力で俺の正体にたどり着かれる心配はいらない。

連絡を取り続けないかぎり、安心してもいいだろう。

平日がやってきたのでいつもの時間帯に登校すると、下駄箱《げたばこ》のところでばったり甲斐谷《かいたに》さんと遭遇《そうぐう》する。

烏山《からすやま》さんや楠田《くすだ》さんの姿は見られない。

どうやらいつも三人いっしょに登校してるわけじゃないようだ。

「おぉー、不死川《しなずがわ》くんだぁ。おはよー」

彼女はにこりと微笑み、ふんわりとしたあいさつをする。

「おはよう」

朝からちょっとラッキーかも、なんて思った。

教室に入ったとたん、

「この『アマテル』ってやつ何者なんだ⁉」

山野《やまの》たちが騒いでいる。

近づきたくないなぁとげんなりしていたら、すでに来ていた鳥山さんと目がばっちりあった。

微笑とともに手招きされたので近寄ってあいさつする。

「おはー。いっしょに来たの？」

隣にいる甲斐谷さんに烏山さんは話しかけた。

「そこでいっしょになったよー」

甲斐谷さんがにへらっと笑いながら説明する。

「へー」

そんなこともあるか、という顔を烏山さんはしてた。

あれ、楠田さんはまだいないなと思うと、

「ちーちゃんは？」

甲斐谷さんが烏山さんに聞く。

「んー？　なんか手伝いで夜更かししてたってメッセージがきたから、遅刻するかもね」

答えを聞いた甲斐谷さんは、

「あー、他校の子ね」

と納得している。

楠田さんの交友関係なんて全然知らないな。

楠田さんが遅刻なんてけっこう珍しい気がする。

ギャルと言っても三人とも授業態度はまじめだし。

予鈴《よれい》が鳴ったので俺たちは解散して自分の席に着いた。

休み時間、山野たちは俺のところには寄ってこず、自分たちの席でスマホを見て騒いでる。

「くっそー、アマテルってやつ、バズってんなぁ！　いいなぁ！」

離れていても声が大きければ関係なく内容が丸わかりだ。

「ルシオラを助けるところが配信されたんだから、そりゃルシオラファンが寄ってくるよなぁ」

と大前《おおまえ》がうらやましそうに言ってる。

果実やらモンスターの配信よりも、ルシオラとの動画のほうが反響あったってことかな？

可愛《かわい》い女の子って強いんだな。

バズり狙いなら可愛い女の子に出てもらうのも手なのかもしれない。

もちろん俺にそんな友だちなんていないので、頼むならクーかエリだろう。

あのふたりの美貌《びぼう》は人外の領域だから。（実際に人外なんだけど）

クーやエリが常識を持っているなら、相談してみたかったな。

……エリならギリいけるか？

いや、ダメだな。

エリだけ出てもらうと確実にクーが拗《す》ねてしまう。

俺に抗議してくれるならいいけど、ジャターユあたりが八つ当たりされたらかわいそうだ。

「不死川くん、どうしたの？」

甲斐谷さんがふしぎそうにのぞき込んでくる。

可愛らしい顔がドアップになって心臓によくない。

「べ、べつに大丈夫だよ」

シャンプーか石けんのいい匂《にお》いもするから、余計にドキドキしてしまう。

「そう。照れちゃって可愛いー」

と甲斐谷さんはニコニコしている。

からかわれてるのかな？　楠田さんは一限目がはじまる前に、あわてた様子ですべり込んできた。

先生は「おやっ」という顔をしながらも受け入れていた。

「どしたん、話を聞く？」

と甲斐谷さんが休み時間中、楠田さんに話しかける。

「ああ……」

楠田さんは口を開きかけて思いとどまった。

「場所を変えよ」

と言って甲斐谷さんを連れて教室の外に出ていく。

あれ？　と思ってると山野と大前がやってきた。

「おまえ、甲斐谷さんを見てんの？　やめたほうがいいぜ。キモイから」

と山野に言われる。

「女子って男の目に敏感って話だぞ。おまえみたいな陰キャだと、きらわれるだけだろ」

大前も同調して言った。

きらってる相手に話しかけるほど、鳥山さんたちは優しくない気がする。

でも、反論しないほうがいい空気なので、

「うん。気をつけるよ」

と答えておいた。

俺のような陰キャぼっちは、空気にあわせるのは大事だと思うから。

「おまえ、ほんとにわかってんの？」

「ちょっと甲斐谷さんといっしょにいる時間が長いんじゃないか？」

「甲斐谷さんが優しいからって、図に乗ってるんじゃねえぞ？」

無難にやりすごそうとしたはずなのに、なぜか山野と大前のふたりがしつこい。
図に乗った覚えはないけどなぁ。

そもそも甲斐谷さんのほうから話しかけてくる場合がほとんどだから。
ぐちぐち言われる理由をふしぎに思ってると、烏山さんたちが戻ってくる。

そしてまっすぐに三人は俺のところに来た。

「なんの話で盛り上がってんの？」

烏山さんの問いかけに山野と大前はうろたえる。
まるで奇襲を食らったみたいだ。

「えっと、いや、三人とも素敵な女の子たちだなと」

山野がかしこまって、しどろもどろになりながら話してる。

優しいから俺の相手をしてくれるんだと主張してたから、ぎりぎりウソにはならない感じ。

「きもっ」

烏山さんがばっさり切り捨てて、山野たちが固まる。

容赦《ようしゃ》なさがちょっと怖い。

甲斐谷さんからフォローがあるかなと思っていたら、彼女はスルーして俺に手招きする。

この状況で俺を呼ぶの!?

と思ったけど、俺にしてみれば断るほうが難しい。

「何かな？」

と話しかけると、彼女はニコッと笑ってマシュマロをくれた。

「あげるねー」

「あ、ありがとう？」

マイペースすぎないか、甲斐谷さん。

山野たちはダメージがデカすぎたのか、授業がはじまるまで固まったままだった。

女子の一言って破壊力がバッグンだよね。

正直なところあんまり同情する気にはなれないけど。

甲斐谷さんがわざわざ呼ばれた話ってなんだろう？

友だちじゃないと教えてもらえないというのは察しがついてるけど、気になってしまう。

なんて俺の考えが見抜かれたかどうかわからないけど、昼休みになって甲斐谷さんに笑顔で手招きされる。

「どうかした？」

昼休みに彼女たちといっしょになったことは一度もない。

俺は教室でクーお手製の弁当なのに、彼女たちは外で食べてるからだ。

「たまにはいっしょに食べよ?」

「え、大丈夫?」

びっくりして烏山さんと楠田さんを見る。

「いいよ」

「三人で決めたことだから」

まあ、甲斐谷さんが独断で俺を誘うなんて思わなかったけど。

それでも確認したくなってしまった。

昼休み。

「なんであいつばっかり……」

山野の怨嗟《えんさ》の声が聞こえた気がしたけど、気づかないふりをして甲斐谷さんたち三人と教室を出た。

注目を集めてるなぁ。

俺じゃなくて烏山さん、楠田さん、甲斐谷さんの三人が。

三者三様の可愛《かわい》い女の子だからか、とくに男の視線を感じる。

そして最後に俺を見て「なんでこいつが!?」とでも言いたそうな、驚いた表情までがセットだ。

気持ちはとてもよくわかるので、思うところはない。

「屋上でもいい？」

「うん」

烏山さんの質問に即答する。

俺としてはべつに場所はどこでもよかった。

せいぜいできれば人がすくないほうがいいんじゃないかな？　くらい。

屋上はじつは初めて来たんだけど、高いフェンスに囲まれていて、あまり人気《ひとけ》がなかった。

「誰もいないんだね」

知らなかったとつぶやくと、

「中庭と食堂のほうが人気あるからね～」

と甲斐谷さんがふにゃっと笑う。

「どっちも行ったことないなぁ」

ぼっちの俺としては、教室の自分の席で食べるのが一番苦痛じゃない。

「えー、そうなんだ?」

と楠田さんが驚く。

「たしかに食堂では見ないもんね〜」

甲斐谷さんは納得している。

「じゃあ、今度は食堂でも行ってみる？」

なんて烏山さんに提案されて、こっちが驚く番だった。

「え、いいの？」

そんなお誘いを受けるなんて想像したこともなかったから、素で聞き返してしまう。

「いいに決まってるじゃん、なんでダメだと思ったの？」

烏山さんがケラケラと笑う。

楠田さんは苦笑しながら、甲斐谷さんはいつものゆるふわな笑みを浮かべて、うんうんとうなずいている。

これが陽キャの力なのかな？

「そ、そういうことなら……」

断る理由はないなと思いながら、弁当のフタを開ける。

「わ、めっちゃ豪華じゃん」

三人が目を丸くしたのも無理はない。

俺の弁当は二段重ねで、上の段にはローストビーフ、ゆでた根菜、コロッケ、下の段には炊《た》き込みご飯が詰められている。

「ははは……」

味も見た目もばっちりでクーには感謝しかないんだけど、人に見られて興味を持たれると、どうなっちゃうんだろう？

「これ、自分でつくってる？」

「いや、まさか。とんでもない」

甲斐谷さんからの問いかけに全力で否定する。

「つくってもらってるんだ。親の知り合いと同居してて」

クーに関する説明は何度もする必要があった（主にご近所に）ので、すっかりテンプレ化したものを使う。

「へー、そうなんだ？　気を遣っちゃわない？」

と烏山さんが同情するような顔。

「気を全然遣わなくていいときと、メチャクチャ遣うときとあって、両極端なんだよなぁ」

伝わるかはわからなかったけど、率直《そっちょく》に答えた。

普段は遠慮《えんりょ》とかしないけど、怒ったり拗《す》ねたら面倒だからね、あいつ。

俺以外のメンツが。

「へー、親友って感じじゃん」

なんか三人が微笑《ほほえ》ましそうに見てる。

そんな感じじゃないけど、説明するのが不可能な存在だから、勘違いしていてもらおう。

三人はと言うとコーヒー牛乳にサンドイッチ、ホットドッグというスタイル。

女子だけに小食だ。

三人は他愛《たわい》もない話で盛り上がってて、俺はうなずいているだけ。

共通の話題を見つけて女子を楽しませるなんて、とてもできない陰キャには気楽でありがたい展開だ。

「不死川くんは？　最近楽しかったことってある？」

と思っていたら、気を遣われたのか甲斐谷さんに質問されてしまう。

彼女の優しさは俺にとってはマイナスに働く。

とは言え、他人の善意に泥をかぶせるなんていやだ。

何かいいアイデアはないかなと必死に考える。

「えっと、最近、ダンジョン配信をちょっと見るようになって」

盛り上がってる同級生が何人かいるので、不自然じゃないだろうと思って口にする。

「ええええ……」

楠田さんがなぜかすっとんきょうな声を出す。

「大丈夫？　べつにあいつらに合わせなくていいんじゃない？」

と烏山さんが眉間《みけん》にしわを寄せる。

「あ、いや、そうでもないというか」

なんて言えばいいのか困ってしまう。

山野たちにバカにされたから、なんて状況はとっくに終わっている。

「ルシオラって配信者がちょっと気になって」

クーが何やら不穏なことを言ってたし、それが当たっていたし。

助けた本人だなんて言えないけど。

「へー」

甲斐谷さんが珍しく抑揚《よくよう》のない声を出す。

「不死川くんって、もしかしてああいう女子がタイプ？　ふぅん？」

なんでか全然わからないけど、彼女のやわらかさと優しさが減少した気がする。

「いや、べつにそんなことはないけど」

たしかに可愛《かわい》いかったとは思うけど、なんとなく俺は苦手なタイプの子だったように感じていた。

「そうなんだ～？　じゃあ興味本位かなぁ？」

おや、なんだか優しさとあたたかさが戻った。

どうやら正解を引いたっぽい？？

「まあ、話題に出てたからね。俺、ダンジョン配信者なんて知らなかったし」

ダンジョンの存在はさすがに知っていたが。（自宅にあるから）

「そっかー。そうだよねー」

甲斐谷さんはなんか機嫌がよくなったのかな？

そして楠田さんと烏山さんは、それを微笑ましそうに見ている。

友だちが楽しそうにしていれば、理由はわからなくてもうれしいんだろうね。

それともふたりなら理由は見当がついているとか？

「ダンジョン配信って、見てて面白い？」

と甲斐谷さんに聞かれる。

彼女からこの手の話題を出たことって、ないはず。

たぶん俺ががんばって探し出したから付き合ってくれてるんだな。

「うーん、けっこう新鮮な気持ちで見てて楽しいかな」

俺はいままで自宅のダンジョンしか知らなかったので、よそのダンジョンを見るのはなかなかいい。

だけど、甲斐谷さんが想定している楽しいとは違うかもしれないね。

事情を明かせない以上、説明もできないんだけど。

「そうなんだぁ。それならあたしも見てみよっかなー」

と甲斐谷さんが思いがけないことを言い出す。

「それならちょうどいいかも」

と楠田さんが言ったのはもっと訳が分からないこと。

どうしたんだろうとふしぎに思っていると、

「まあ、女子には乙女《おとめ》の秘密があるってことで」

烏山さんが俺の心を読んだみたいな発言をする。

彼女たちの事情ってなんだろう？

聞かないほうがよさそうだ。

あとがき

初めまして。
それともお久しぶりでしょうか。
相野《あいの》です。
すっかり寒くなりました。
おでんや鍋《なべ》が美味《おい》しい時期なので、美味しくいただきます。
カニもいいなあ、フグもいいなあ、すき焼きもいいなあ。
といろいろ迷ってしまいますね。
それと温泉にゆっくりつかる時間が欲しいです。
冬のシーズンの温泉は最高です。
閑散期《かんさんき》のエリアなら、お得ではないでしょうか。
今行ってみたいのは草津《くさつ》温泉ですね。
城崎《きのさき》温泉も行きたいですし、熱海《あたみ》や別府《べっぷ》もありますし。
全国温泉めぐりもできたらいいなと考えています。

私は乗り物が好きなので移動は問題ないです。
ただ、やっぱり時間がネックになりそうです。
一日は二十四時間しかないのですよね。
どこかに時間を増やすチート魔法は落ちてないでしょうか。
温泉に行ける余裕を生み出すチートでもいいのですが。
話しは変わりますが、今作について。
現代をベースにしたファンタジーで、自分が読みたいものを書きました。
現代だと法とかいろいろしがらみが多いです。
その分、世界観や構成を考えるのは楽しいです。
大和《やまと》と彼を取り巻く人外、それを目撃する人々の話を楽しんでいただければ幸いです。

この作品の感想をお寄せください。

あて先　〒101-8050　東京都千代田区一ツ橋2-5-10
集英社　ダッシュエックス文庫編集部　気付
相野 仁先生　桑島黎音先生

ダッシュエックス文庫

バズった?最強種だらけのクリア不可能ダンジョンを配信? 自宅なんだけど?

相野 仁

2025年2月26日 第1刷発行

★定価はカバーに表示してあります

発行者 瓶子吉久
発行所 株式会社 集英社
〒101－8050 東京都千代田区一ツ橋2－5－10
03(3230)6229(編集)
03(3230)6393(販売／書店専用) 03(3230)6080(読者係)
印刷所 TOPPANクロレ株式会社
編集協力 法貴仁敬

ISBN978-4-08-631591-3 C0193

ダッシュエックス文庫

史上最強の魔法剣士、Fランク冒険者に転生する３
～剣聖と魔帝、２つの前世を持った男の英雄譚～
柑橘ゆすら
イラスト／青乃《あおの》下《しも》

史上最強の魔法剣士、Fランク冒険者に転生する４
～剣聖と魔帝、２つの前世を持った男の英雄譚～
柑橘ゆすら
イラスト／青乃《あおの》下《しも》

史上最強の魔法剣士、Fランク冒険者に転生する５
～剣聖と魔帝、２つの前世を持った男の英雄譚～
柑橘ゆすら
イラスト／青乃《あおの》下《しも》

史上最強の魔法剣士、Fランク冒険者に転生する６
～剣聖と魔帝、２つの前世を持った男の英雄譚～
柑橘ゆすら
イラスト／青乃《あおの》下《しも》

かつての栄光を捨て駆け出し冒険者としてクエストをこなすユーリ。幼竜の捕獲にオーガ討伐…最強の実力を隠して異世界無双する！

昇級の提案を断って自由に冒険するユーリの周囲には仲間が増えていく。クエスト先の水の都で出会ったのはユーリの前世の恋人…!?

馴染みの鍛冶屋のために最強の武器が作れる鉱石を探すうち、ユーリは以前に見た夢のお告げで知った〈火の都〉を目指すことに…！

三度目も世界を救う!?　お告げの夢で世界の危機を伝えられたユーリ。S級進級をかけた入れ替え戦の会場はお告げにあった場所で!?

ダッシュエックス文庫

ログアウトしたのはVRMMOじゃなく本物の異世界でした
～現実に戻ってもステータスが壊れている件～
とーわ
イラスト／KeG《ケージ》

ログアウトしたのはVRMMOじゃなく本物の異世界でした2
～現実に戻ってもステータスが壊れている件～
とーわ
イラスト／KeG《ケージ》

ログアウトしたのはVRMMOじゃなく本物の異世界でした3
～現実に戻ってもステータスが壊れている件～
とーわ
イラスト／KeG《ケージ》

ログアウトしたのはVRMMOじゃなく本物の異世界でした4
～現実に戻ってもステータスが壊れている件～
とーわ
イラスト／KeG《ケージ》

自分の命を代償に仲間を復活させVRMMOをログアウトしたはずが、現実世界がスキルの使える異世界に!?　規格外少年の攻略記!!

異世界に残った仲間を探すため、再びゲームの世界へ!　βサーバーがオープンしたと聞き、今度は妹と共に新たな世界を攻略する!!

冒険科の新入生として規格外に活躍する玲人。ゲームの世界に残された仲間を救う手段を探すなか、学園対抗の交流戦に出場が決まり…。

ようやく再会できた仲間と敵対!?　学園対抗交流戦に現れた魔人はかつての仲間・イオリだった。仲間を操った何者かの正体を追う!!

ダッシュエックス文庫

報われなかった村人A、貴族に拾われて溺愛される上に、実は持っていた伝説級の神スキルも覚醒した
三木なずな
イラスト／柴乃櫂人

報われなかった村人A、貴族に拾われて溺愛される上に、実は持っていた伝説級の神スキルも覚醒した２
三木なずな
イラスト／柴乃櫂人

報われなかった村人A、貴族に拾われて溺愛される上に、実は持っていた伝説級の神スキルも覚醒した３
三木なずな
イラスト／柴乃櫂人

報われなかった村人A、貴族に拾われて溺愛される上に、実は持っていた伝説級の神スキルも覚醒した４
三木なずな
イラスト／柴乃櫂人

ただの村人が貴族の孫に!? 強力な魔力でドラゴンを手懐け、古代魔法を復活させ、最強の剣まで入手する全肯定ライフがはじまる!!

精霊を助けて人間が使えない魔力を手に入れたり、ドラゴン空軍の設立で軍事の常識を覆したり…絶賛と溺愛がさらに加速する!!

ルイザン教の神となったマテオは膨大な知識を手に入れるシステムを作った。その知識をもとに理想の世界へ近づける真実を知って!?

溺愛されすぎてついに神の力をも手に入れたマテオ。何日も続く不可解な白夜の原因を突き止めようと力を駆使したりと今回も大活躍。

報われなかった村人A、貴族に拾われて溺愛される上に、実は持っていた伝説級の神スキルも覚醒した5

三木なずな
イラスト／柴乃櫂人

死者を操る力を得たマテオに最果てのノワールと呼ばれる悪魔が接近。執事として仕え始め、ある計画のためにマテオを溺愛する…!!

報われなかった村人A、貴族に拾われて溺愛される上に、実は持っていた伝説級の神スキルも覚醒した6

三木なずな
イラスト／柴乃櫂人

死者を操る力の実験にブルーゴブリンの卵の孵化、エクリプスの脱皮にマテオも挑戦…！そうしているうちに意外な真実が明らかに!?

報われなかった村人A、貴族に拾われて溺愛される上に、実は持っていた伝説級の神スキルも覚醒した7

三木なずな
イラスト／柴乃櫂人

農業や医療技術に革命級の進歩をもたらすマテオ。ある時、女悪魔ブランが突然現れ、ノワールと共に「過去に戻る」と言い出して!?

俺はまだ、本気を出していない

三木なずな
イラスト／さくらねこ

強すぎる実力を隠し貴族の四男として気ままに暮らすはずが、優しい姉の応援でうっかり当主に!?　慕われ尊敬される最強当主生活！

ダッシュエックス文庫

俺はまだ、本気を出していない２

三木なずな
イラスト／さくらねこ

俺はまだ、本気を出していない３

三木なずな
イラスト／さくらねこ

俺はまだ、本気を出していない４

三木なずな
イラスト／さくらねこ

俺はまだ、本気を出していない５

三木なずな
イラスト／さくらねこ

姉の計略で当主になって以降、なぜか大活躍のヘルメス。伝説の娼婦ヘスティアにも惚れられて、本気じゃないのにますます最強に…？

剣を提げただけなのに国王の剣術指南役に!? 地上最強の魔王に懐かれ、征魔大将軍に任命され、大公爵にまで上り詰めちゃう第３幕!!

うっかり魔王の力を手に入れて全能力が２倍に!? 誘拐事件の首謀者である大国の女王にはマジ惚れされ、男っぷりが上昇し続ける!!

女王エリカの猛アタックを受け続けたヘルメスが遂に陥落!? さらにかつてヘルメスに求婚されたという少女ソフィアが現れて…？